나는
장성택
입니다

나는 장성택입니다 2 (큰글씨책)

초판 1쇄 발행 2018년 10월 15일

지은이 정광모
펴낸이 강수걸
편집장 권경옥
펴낸곳 산지니
등록 2005년 2월 7일 제 333-3370000251002005000001호
주소 부산광역시 해운대구 수영강변대로 140 BCC 613호
전화 051-504-7070 | 팩스 051-507-7543
홈페이지 www.sanzinibook.com
전자우편 sanzini@sanzinibook.com
블로그 http://sanzinibook.tistory.com

ISBN 978-89-6545-555-4 04810
978-89-6545-553-0 (세트)

* 책값은 뒤표지에 있습니다.
* 이 도서의 국립중앙도서관 출판예정도서목록(CIP)은 서지정보유통지원시스템 홈페이지(http://seoji.nl.go.kr)와 국가자료공동목록시스템(http://www.nl.go.kr/kolisnet)에서 이용하실 수 있습니다.(CIP제어번호: CIP2018031433)

큰글씨책

나는 장성택입니다 ②

정광모 소설

산지니

차례

나는 장성택 입니다

그렇습니다. 비록 비루한 삶을 그때까지 이어왔지만
내게도 한 가닥 꿈은 있었는지 모릅니다.

내가 언제 가장 행복했을까요. 천리마강선제강소에서 노동을 할 때였습니다. 왜 거기로 갔냐고요. 1970년대 말, 나는 여자들과 파티를 즐기다 보위부에 적발되었습니다. 김정일 장군의 연회를 본따 놀았지요. 내 주위에 사람도 많이 모일 때였습니다. 김일성 주석의 사위라서 세도를 쓴다는 비판이 드셌지요. 김정일 동지는 내게 혁명화 처벌을 내렸습니다. 평안남도 강선의 제강소에서 현장 노동자와 똑같이 생활하는 벌이지요. 노동으로 혁명정신을 채우라는 조치였죠.

힘들었습니다. 주물을 만들었죠. 쇳물을 주입한 주물 틀을 식혔다가 모래를 분리해내는 일이었습니다. 탱크 부품이었지요. 틀에서 분리한 탱크 부품은 뜨겁습니다. 여름이면 뜨거운 열기가 작업장을 몰아쳤습니다. 겨울의 찬바람이 그렇게 좋을 수가 없었지요. 용해로에서 쇳물을 녹이는 작업도 했습니다. 난 조장이 시키는 대로 삽으로 불순물을 건져내었지요. 1500도가 넘는 시뻘건 쇳물에 정신이 아득했지요. 용해로 쇳물 안에 이물질이 들어 있으면 폭발합니다. 튄 쇳물이 보호 장비를 뚫고 허벅지에 상처를 내기도 했지요. 끼니는 강냉이밥으로 때웠습니다. 처음에는 거친 밥이 목을 넘어가지 않았습니다.

김정일 장군은 제강소에 내가 노동자와 똑같이 일하고 똑같이 먹고 자도록 철저한 지시를 내렸습니다. 국가안전보위부에서 예고 없이 작업장을 찾아 점검을 했지요. 공장 지배인도 작업반장도 나를 봐줄 방법이 없었습니다. 아내 김경희도 손을 쓰지 못했으니까요.

나는 힘든 노동 속에서, 강냉이밥으로 해방을 얻었습니다. 정말 편안했습니다. 동료 근로자들과 싸구려 소주를 한 잔씩 나눌 때면 나는 정말 노동대중으로 돌아간 것 같았습니다. 값진 술과 미인도 생각나지 않았고요. 백두혈통에 붙은 곁가지로서의 삶을 그때만큼은 떨쳐버렸지요.

제강소에서 일하며 나는 김일성 주석과 김정일 장군이 얼마나 무거운 짐을 짊어졌는지 깨달았습니다. 수령의 자리에서, 혁명대오의 정상에서 일한다는 것은 호락호락하지 않습니다. 절대 고독의 자리입니다. 자신의 말 한 마디에 수만, 수십만 인민의 삶이 달라집니다. 그것은 누구나 원하는 자리이면서 누구나 벗어나고 싶은 곳이기도 합니다. 김정일 장군은 그 자리를 무시무시한 감성으로 이겨내었습니다.

훗날 외국을 다니며 김정일 장군의 생활물품을 조달할 때 나는 그 일을 엄숙하게 받아들였습니다. 고급 와인과 60피트 호화 요트를 평양으로 보내며 갈등하지 않았습니다. 인민이 굶주리는데 그게 웬 사치냐고요. 신정의 정치에서 그 정도는 감수해야지요. 호화 요트 아니라 그보다 더한 무엇이라도 수령의 노고를 달랜다면, 수령의 지친 다리를 쉬게 한다면, 그래서 훌륭한 정치가 된다면, 나는 백 번이라도 그런 물품을 구하러 뛰어다닐 뜻이 있었습니다. 나는 김정일 장군이 몇 번이나 무너질 뻔했던 모습을 보았습니다. 수십만 명이 굶어 죽는 고난의 행군을 할 때 장군의 정신은 무너지기 직전이었습니다. 위태롭게 겨우 버티고 있었지요. 핵 실험을 하며 국제사회에서 제재를 받을 때도 그랬습니다. 핵을 일단 개발했으니 포기란 있을 수 없습니다. 그러나 국제사회의 압박은 끝이 없을 것입니다. 중국도 교활하게 공화국을 괴롭힐 것입니다. 공화국이 처한 현실도 곳곳이 구멍이었습니다.

김정일 장군이 비료공장 현지 지도를 나갔을 때 일입니다. 공장은 깨끗했고 모든 게 잘 돌아갔습니다. 비료는 김정일 장군이 보는 앞에서 펑펑 쏟아져 나왔습니다. 회색 포대에 담긴 비료가 트럭에 마구 실렸지요. 김정일 장군은 칭찬을 하고 필요한 물자를 대 주라고 지시했습니다. 평양으로 돌아오는 승용차에서 김정일 장군이 내게 말했습니다.

"장 동지는 저 쇼를 어떻게 생각하나?"

내 등에서 식은땀이 흘렀습니다.

"지도자 동지. 쇼라니 무슨 말씀이신지?"

"한 달에 며칠도 못 돌아가는 공장 아닌가. 내 앞에서만 번지레 내놓고 말이야."

나는 침묵했습니다. 장군은 꼭 대답을 원하는 얼굴이 아니었습니다. 자신에게 물음을 던지는, 고민에 찬 얼굴이었습니다. 고뇌 많았던 김정일 장군도 마침내 돌아가셨습니다.

금수산기념궁전의 영결식은 장중합니다. 김정은 장의위원 1위 동지가 눈물을 닦고 있습니다. 나도 눈물을 훔쳤습니다. 김정은 동지는 김정일 장군이 몇 년 전 뇌출혈로 쓰러졌을 때보다 단련되고 늠름한 모습입니다. 나는 장의위원 19위입니다. 나는 늘어선 장의위원들을 살펴보며 그들 중 몇 명이나 앞으로 닥칠 험한 파도에서 살아남을까 생각합니다.

나는 그날 순장을 바랐습니다. '위대한 영도자' 김정일 장군의 발치 아래 말입니다. 몸을 모로 세우고 무릎을 올린 자세로 함께 쉬고 싶었습니다. 나는 백두혈통의 발아래에 묻혀야 좋았습니다. 살아서 백두혈통의 첫째 마름으로 일했습니다. 마름이라니, 지나치다고 생각할 수도 있습니다. 하지만 내 삶은 결코 신성(神聖)의 경계에서 한 발짝도 더 들어갈 수 없었지요. 나는 그 경계를 잘 알고 있습니다. 그 경계선 안에서 나를 아끼고 키웠던 김정일 장군이 사라진 것입니다. 그러니 나도 순장으로 내 삶을 매듭지어야 했던 것입니다. 죽음은 공평합니다. 신성, 신정(神政). 모두 헛됩니다. 육체는 떨어지고 묻히고 맙니다. 나도 공평한 죽음과 더불어 후퇴해야만 했던 것입니다.

나라를 다스릴 김정은 동지는 내 조언을 경청하고 있습니다. 그러나 젊고 혈기 넘치는 지도자가 어디로 향할지 누구도 알 수 없습니다. 남조선에서 나를 공화국 2인자로 부른다고 하더군요. 남조선의 물정 모르는 기자들이 이러니저러니 하는 말을 귀담아 들을 건 없습니다. 그들은 수령이 누구인지 알까요? 수령의 영도 아래 하나로 움직이는 정치를 겪어보았겠습니까? 몇 년에 한 번씩 선거로 대통령을 갈아치우는 나라에서 모든 체제와 법 위에 선 존재를 이해할까요? 수령이 영도하는 유일체계에서 2인자가 무슨 소용일까요? 나는 내가 손에 쥔 권력이 어디에서 나왔는지 알고 있습니다. 김경희 동지로 얻어진 권력일 뿐입니다.

김일성종합대학에서 김경희 동지를 만난 건 내 운명이었습니다. 위대한 김일성 주석의 딸이 나를 좋아했습니다. 그것도 아주 열렬히 말입니다. 김경희는 아버지를 닮아 배짱 두둑한 여자였습니다. 주위의 눈이 어떻든, 김일성 주석이 뭐라 말하든 자신의 감정에 충실했습니다. 백두혈통에서 사위를 고른다는 건 예삿일이 아닙니다. 김일성 주석이 고르고 골라 딸에게 사윗감을 내놓을 생각이었습니다. 그런데 김경희는 그런 집안의 큰

일이자 나라의 대사를 무시하고 나를 쫓아다닌 것입니다.

내가 말해 쑥스럽기는 하지만 나는 김일성종합대학 여대생에게 인기가 좋았습니다. 인물이 훤했지요. 노래를 잘하고, 아코디언을 켜고, 춤도 잘 추었습니다. 여성 동지들은 무엇보다 내가 여자를 대하는 태도에 매혹되었습니다. 나는 여자를 존중했습니다. 나는 당이나 나라보다 여자를 더 앞세웠습니다. 여자를 만날 때는 그 여자에게만 마음을 다 쏟았다는 말입니다. 그녀와 나 사이에 뭔가 끼어 들어오는 것을 싫어했습니다. 오롯한 마음이었지요. 여자들은 자기만을 향한 남자의 마음에 반하지 않습니까? 그러니 김경희가 내게 끌릴 법도 하지요.

김경희와 나는 연애에 빠졌습니다. 그러나 김경희가 나를 선택한 연애였습니다. 연애에 깊이 빠진 건 김경희였지요. 그녀는 교수의 시선을 상관하지 않고 교실의 내 옆자리로 찾아들었습니다. 대학의 광장에서 김경희는 내 팔짱을 꼈습니다. 어떨 때는 학생들이 다니는 느티나무 아래 벤치에서 나를 껴안았습니다. 내 얼굴을 만지고 자신의 입술을 내 얼굴에 부비기도 했지요. 주석의 딸은 자신을 사로잡은 사랑의 감정에 어쩔 줄을 몰라 했습니다. 오직 자신의 감정에 충실하게 복종할 뿐입니다. 공화국의 1960년대 대학에서는 보기 드문 광경이었지요. 여자가 남자를 선택하고, 여자가 먼저 남자의 손을 잡고 몸을 안는다니, 놀랄 일이었습니다. 남조선의 1960년대 대학도 그랬을 겁니다.

김경희의 애정 공세에 나는 곤란했습니다. 그저 그녀의 거친 돌격을 막기에 바빴습니다. 주석의 딸이었기 때문입니다. 김일성 주석은 신에 가까운 존재입니다. 주석이 딸의 연애를 어떻게 바라볼지 어려웠습니다. 대학의 보위대원으로부터 주석이 딸의 연애를 좋아하지 않는다는 말을 전해 들었습니다. 내 행동은 모두 보고가 되고 있을 겁니다. 그렇다고 김경희를 딱 잘라 거부하기도 그렇습니다. 주석의 딸이었기 때문입니다. 김경희가 앙심을 품으면 무슨 일을 벌일지 몰랐습니다. 아니 앙심을 품는다는 것 자체가 재난이었습니다. 주석의 딸은 눈짓과 손짓 하나로 어떤 참혹한 결과를 만들어낼 힘을 지니고 있었습니다.

내게 여성 동지들이 가까이 오지 않았습니다. 김일성대학의 여자들 모두가 나를 버린 것 같았습니다. 내가 다가서 말 한마디만 건네도 놀라 부랴부랴 자리를 떴지요. 나와 같이 있는 모습을 보이지 않으려고 결사적으로 노력하는 것입니다. 그전에는 여성 동지들이 나랑 노래를 같이 부르고 농담도 했습니다. 나를 짓궂게 꼬집는 여성 동지도 있었지요. 거대한 자석이 내 주위의 여자를 끌어당겨 쓸어버린 것입니다. 나는 행복했을까요. 불행했을까요. 나는 으스대었을까요. 아니면 초라하게 기가 죽었을까요. 나는 그 경계에서 줄타기를 하고 있었습니다. 나는 행복하면서 불행했습니다. 뽐내면서 동시에 풀이 죽었습니다.

나는 공화국에서 핵심 성분 출신입니다. 아버지가 일제에 저항하는 농민 운동을 했었지요. 공화국에선 출신 성분에 따라 갈 수 있는 대학이나 직장이 다릅니다. 그러나 나는 빨치산 항일 유격대 집안 출신은 아니었지요. 백두혈통도 아니고 백두혈통과 같이 생사의 고비를 넘나든 출신도 아니지요. 성골도 아니고 진골도 아니었습니다. 남조선 사람들은 출신 성분을 우습게 압니다. 노력하면 원하는 삶을 산다고 말들 하지요. 주술입니다. 엉터리 선전이지요. 출신 성분이란 지주 계급이나 노동자 계급 누구에게서 태어났다는 것만을 말하지는 않습니다. 출신 계급에 따라 어린 시절 놓인 환경이 다르고, 경험이 다릅니다. 부모에게서 어떤 교육과 생각을 전해 받았는지, 주위의 친구들이 누구인지 모두가 연결됩니다. 남조선에도 금수저가 있고 흙수저가 있다고 압니다. 어려서 고생 없이 자라 원하는 것을 마음대로 하고, 외국 유학을 자유롭게 다녀오고, 부동산과 주식과 예금이 넉넉해 생활 걱정이 없는 사람의 세상이 있습니다. 초등학교 시절부터 입고 싶은 옷과 신발을 신지 못하고 대학에서는 아르바이트로 학비를 벌며 사회에 나와선 반지하방 한 칸에 살며 자본주의의 매서운 채찍에 쫓기는 세상이 있습니다. 그 두 세상이 어찌 같을까요. 그 두 세상을 산 사람이 어찌 같은 세상을 살았다고 할 수 있을까요. 두 사람의 사상과 행동과 세계관은 다릅니다. 다를 수밖에 없지요.

김경희는 나를 정복해가고 있었지요. 나는 압도적인 군사

력을 지닌 정복자에게 저항하는 것도 아닌, 그렇다고 굴복해버린 것도 아닌 어정쩡한 모습으로 정복당해가고 있었습니다. 나는 김경희에게 말을 너무 많이 해서도 안 되었고, 너무 적게 해서도 곤란했습니다. 나는 김경희의 말을 너무 귀담아 들어도 안 되었고, 너무 소홀히 해도 어려웠습니다.

마침내 김일성 주석이 결단을 내렸습니다. 딸의 연애를 더 이상 견뎌내지 못한 것이지요. 딸의 남편감으로 나를 택하기 곤란하다는 결정이기도 했습니다.

당의 높은 분이 나를 만나러 왔습니다. 백두혈통에 속한 분이기도 했지요. 내게 김경희를 더 이상 만나지 말라고 했습니다. 형식은 대화였지만 엄중한 지시였지요. 곧 나는 원산경제대학으로 전학을 갔습니다. 원산까지 먼 길을 가며 내 심정은 복잡했습니다. 내 얼굴의 절반은 기뻐했고 절반은 슬퍼했습니다. 뛰어난 화가가 내 모습을 그렸다면 얼굴에 나타난 일치의 불일치를 상징이나 추상으로 기묘하게 그려냈을 것입니다. 나는 김경희에게서 해방되었습니다. 동시에 가장 빠르게 출세할 길도 사라졌습니다. 하지만 젊은 나는 먼저 해방을 즐겼습니다. 나는 마음속으로 웃었습니다. 이제 나만의 삶이 나를 기다리는구나. 원산에 내려와서야 나를 짓눌렀던 중압감에서 벗어날 수 있었습니다. 나는 뺨이 발그레한 청춘으로 돌아갔던 것입니다.

원산은 작고 아름다운 도시였습니다. 명사십리로 불리는

바다는 편안하게 사람을 반겼습니다. 신을 벗고 해변을 걸으면 발을 간질이는 모래가 시원했지요. 파도가 발목을 부드럽게 감쌌습니다. 나는 그 해변을 원산경제대학의 후배 강미선과 걸었습니다. 나는 강미선의 손을 살그머니 잡았고 그녀도 살그머니 잡혀주었습니다. 그러다 잠시 후에 그녀는 손을 빼내었지요. 해변의 솔밭에서 강미선에게 입을 맞췄습니다. 해가 넘어가며 바다와 땅의 경계가 사라지고, 밤과 낮의 경계도 사라지는 시간이었지요. 주위는 고요했고 바람은 잔잔했습니다. 강미선은 완강하게 나의 입술을 거부했습니다. 하지만 나는 그 거부 속에서 조금씩 그녀의 마음이 열리는 것을 느꼈습니다. 강미선이 입술을 열고 나를 받아들이면서 내 가슴을 꼭 껴안았습니다. 그건 자신의 마음과 젊음을 나와 나누겠다는, 나와 장래를 같이한다는 약속이었습니다. 그렇게 나는 원산경제대학을 졸업해서 경제관리원으로 또는 소기업의 지배인으로 일했으면 좋았을 것입니다. 아이도 몇 명 낳고 행복한 가정으로 남들의 부러움을 받으면서 말입니다. 하지만 운명은 짓궂게 기대를 배신하기 마련입니다.

김경희가 원산경제대학으로 찾아왔습니다. 내가 강미선과 명사십리 해변을 거닐 때 김경희는 아버지와 싸우고 싸웠습니다. 그녀는 자신의 애정을 믿었고 마침내는 그 애정이 자신의 본질임을 믿었습니다. 나는 사랑하므로 존재한다. 아버지 주석도 딸의 고집을 꺾지 못했습니다. 김경희는 볼가 승용차를 타고 원산까지 긴 비포장도로를 달려왔던 것입니다. 평일 수업 시간에 먼지를 뽀얗게 쓴 검정 볼가 승용차가 교정에 들어섰습니다. 그녀는 거침없이 교무과로 가서 내게 메모를 전해달라고 요청했습니다. 그러고는 교정에서 기다렸습니다.

둥근 라이트가 붙어 있고 라디에이터 그릴에 별과 1이 연속되는 번호판을 단 볼가 승용차를 보자 강미선은 바들바들 떨었습니다. 그녀는 나를 둘러싼 소문이 사실임을 안 것입니다. 강미선은 수령의 딸과 연애 경쟁을 했습니다. 신화에는 신의 아들딸과 사랑에 빠졌다가 희생당한 무수한 사람이 나옵니다. 나는 교정으로 나가면서 새하얗게 질린 강미선을 지나쳤습니다. 그녀는 내게 불안과 두려움이 가득한 눈으로 뭔가를 물었고 나는 고개를 끄덕였습니다. 그것으로 우리 청춘의 만남은 끝났던 것입니다.

그러나 나는 교정으로 내려가면서 굳게 맹세했습니다. 김경희에게 이별을 통보하리라. 권력의 도시 평양에서 멀고도 먼 원산에서 강미선과 함께 작고 소박한 삶을 살리라. 그러나 3층 복도를 지나면서 내 결심은 허물어지기 시작했습니다. 1층 현관을 지나자 잠시나마 굳었던 내 마음은 절반으로 줄었습니다. 교실의 학생들은 복도로 몰려나와 김경희를 구경하고 있었습니다. 김경희에게 다가갈수록 하늘에서 내려온 황금의 동아줄이 떠올랐습니다. 내가 손을 뻗는다면 김경희는 그 줄을 내게 건넬 것입니다. 나는 어지러웠습니다. 김경희는 도도하고 오만하게 볼가 승용차에 기대 나를 바라보고 있었습니다. 김경희 바로 몇 걸음 앞에서 내 마음은 무너졌고 무릎을 꿇었습니다. 나는 백두혈통의 포근한 품에 안겨들었습니다.

김경희의 사랑은 마침내 김일성 주석도 이겨냈습니다. 김일성 주석은 탁월한 항일 빨치산 혁명가였으나 딸 앞에서는 어쩔 수 없는 아버지에 불과했습니다. 딸의 고집을 꺾지 못한 김일성 주석이 나를 불렀습니다. 평양으로 불려 가면 무섭습니다. 중요한 처벌을 평양에서 내리기 때문입니다. 그날의 만남은 내게 새하얀 공백으로 남아 있습니다. 김일성 주석을 만나기는 만났으나 기억이 나지 않습니다. 김일성 주석은 나를 찬찬히 관찰하고 내심 딸이 남편감을 잘 골랐다고 생각했다 합니다. 딸의 고집에 이미 졌기 때문에 나를 좋게 보아야만 했겠지요. 꼭 그런 것만은 아닙니다. 내 자랑 같지만 내가 머리도 잘 돌아가고 일머리도 있으며 통솔력도 갖춘 편입니다. 유능한 데다 동료들에게도 인기가 높았지요.

김경희의 오빠 김정일 장군도 만났습니다. 김일성 주석의 후계자가 될 수도 있는 사람이었지요. 어쩌면 내게 처남이 될지도 모를 사람입니다. 그날의 첫 만남도 내게 공백으로 남아 있습니다. 두 사람과의 첫 만남 기억은 새하얗게 말라 텅 비어 있습니다. 운명이 그날을 기억하기 싫은 모양입니다.

지금은 2013년 여름입니다. 김경희와 연애를 한 1960년대 후반부터 반세기 가까운 세월이 흘렀습니다. 나는 당 행정부장, 국방위원회 부위원장, 당 정치국 위원의 지위에 올랐습니다. 국가안전보위부와 인민보안부, 최고검찰소, 호위사령부를 관할하고 있습니다. 2인자의 자리입니다.

하지만 나는 행복하지 않습니다. 내가 탄 공화국 배가 가라앉고 있기 때문입니다. 백두혈통 수령의 깃발을 꽂은 배가 바다를 지나고 있습니다. 배는 곳곳에 물이 스며들고 돛대는 금이 가고 삼각돛은 찢어져 있습니다. 선원들이 먹을 식수도 식량도 부족합니다. 여기를 막으면 저기가 뚫리고 저기를 해결하면 여기서 문제가 터집니다. 김정은 동지의 깃발은 70일 전투로, 경제와 핵의 병진노선으로, 자력갱생으로 파도를 헤쳐 나가겠다며 펄럭이고 있습니다. 혁명을 향한 열정만으로 지탱하는 나라는 없습니다. 열정은 식고 부서지며 녹슬어갑니다. 굶주리고 헐벗으면 열정은 살아나지 않습니다. 그러나 어떻든 이 배를 항구까지 끌고 가야 합니다. 키를 항구로 돌려야 합니다. 항구에서 배를 수리하고 건사해서 다음 항해를 준비해야 합니다. 그러나 김정은 동지는 꿋꿋이 바다를 건너겠다고 작심하고 있습니다. 나는 급한 마음에 배에 스며드는 물을 바가지로 퍼내 보기도 했습니다. 배의 이물에서 항해사를 설득해 보기도 했지요. 이대로 배가 바다를 지나간들 무슨 의미가 있겠느냐? 무슨 승리라고 할 게 있을까? 종파주의로 몰릴 위험한 말이었습니다.

그러나 지금의 나는 모든 걸 내려놓았습니다. 김정은 동지가 후계자로 승계한 1년은 희망을 가졌습니다. 내가 가진 원대한 계획대로, 나라의 안팎을 연결해서 배를 항구로 끌어보자. 나는 어리석게도 2인자의 주제를 넘어서고 있었던 겁니다. 수령의 신성한 정치에서 2인자는 졸병 신세와 다름없음을 나는 깜박 잊었던 것입니다.

그런 날이면 강미선과 원산에서 보낸 연애시절이 떠오릅니다. 그날의 첫 키스를 어떻게 잊을 수 있을까요? 파도에 녹은 달빛이 나를 감싼 그 밤을 말입니다. 그날은 모두가 신비로웠습니다. 훗날 나는 강미선을 다시 만났습니다. 내가 당 조직지도부 제1부부장에 있을 때였습니다. 강미선은 원산의 하급당원이고 남편은 기업의 하급간부였습니다. 강미선과 헤어진 후 이십몇 년의 세월이 흘렀습니다. 강미선은 나를 이미 알고 있었으나 나는 그녀를 알지 못했습니다. 그해 강미선은 노력당원으로 선정되어 상을 받았지요. 나는 수상자들과 악수를 나눴습니다. 강미선은 내게 고개를 숙이고 순서에 따라 지나갔습니다. 그때서야 나는 강미선을 알아챘습니다. 예전 붉었던 그 입술은 색이 많이 바랬더군요. 그 입술의 아름다움을 저버리고 나는 무엇을 향해 달렸던 것일까요. 노동당원에게 당의 조직과 인사를 책임진 조직지도부의 1부부장은 하늘 같은 자리입니다. 나는 수상자 축하 파티에서 강미선을 불렀습니다. 강미선의 어깨를 두드리며 격려하자 그녀는 몸을 떨었습니다. 내게 그녀의 떨림이 전해졌습니다. 김경희가 아직도 두려운 것일까요. 설령 김경희가 잠깐의 우리 옛 만남을 알아도 아무런 문제가 없지요. 김경희는 그렇게 속이 좁은 여자가 아닌데 말입니다. 원산의 당비서에게 강미선과 그녀 남편을 잘 챙겨달라고 부탁했습니다. 그것이 내가 운명의 길목에서 엇갈린 여자에게 할 수 있는 최선의 도움이었습니다. 내가 과하게 챙긴다면 그것 또한 화를 부를지 모를 일입니다.

나와 김경희는 좋은 부부였냐고요? 운명의 갈림길을 많이 지나쳐온 마당에 그게 무슨 소용이겠습니까? 굳이 대답하자면 우리는 좋은 부부였지요. 사랑이란 말이 값싸게 들리지 않는다면 서로 사랑하는 사이이기도 했지요. 김경희가 나를 선택한 사랑은 어떻든 결실을 맺었지만 내 딸 금송의 사랑은 그렇지 않았습니다. 나와 김경희의 사랑은 역설적으로 죽음의 비극을 통해 단단하게 묶였습니다. 그렇습니다. 딸 금송이 죽었습니다. 나와 김경희의 유일한 아이이며, 백두혈통을 이을 자손이었지요. 2006년 8월이었습니다. 금송은 술을 마시고 수면제를 많이 먹었지요. 더위에 모든 게 녹아내리는 무시무시한 계절이었습니다. 파리에서 유학 생활을 하던 금송이 프랑스 청년을 사랑하게 되었지요. 나도 김경희도 그 사랑을 말렸습니다. 사랑까지는 모르겠으나 금송은 그 청년과 결혼하기로 맘먹고 있었습니다. 결혼은 더더욱 안 될 말입니다. 백두혈통의 외손녀가 프랑스 청년과 결혼한다? 있을 수 없었습니다. 금송은 자유분방한 파리 생활과 고국 공화국의 동떨어진 현실에 괴로워하고 있었습니다. 공화국은 고립된 섬처럼 보였겠지요. 그 섬으로 돌아가서, 혈통 좋고 장래 유망한 청년을 만나서 사는 삶이 너무나 답답하게 보였던 것입니다. 강철 감옥으로 스스로 들어가는 느낌이었을 겁니다. 그 괴로움이 엉뚱한 사랑으로 폭발해서 나타난 것입니다. 그 괴로움이 금송을 죽음으로 몰아간 것입니다.

금송이 죽자 나와 김경희는 동시에 인생을 되돌아보았습니다. 모든 게 헛되고 헛되었습니다. 백두혈통도, 권력도, 호화로운 생활도 금송의 죽음을 막지 못했습니다. 아니 오히려 그것들이 딸을 죽음으로 몰아간 올가미가 되고 말았습니다. 나는 그때 마음을 비웠지요. 내 인생의 앞날도 비웠습니다. 백두혈통의 지류로 편입된 내 운명이 나를 어디로 품고 갈지에 대해서도 비웠습니다.

내가 마음을 비우면서 김정일 장군과의 관계는 더욱 깊어졌습니다. 남조선에서는 공화국에 급변이 생기면 내가 후계자로 나서 공화국을 개혁 개방의 길로 이끌 것이라는 보도가 많았습니다. 엉터리에 헛소리였습니다. 김정일 장군은 내가 마음을 비운 것을 알고서 더 나를 신임하게 되었습니다. 권력의 정상에 선 사람은 놀랄 정도로 권력에 관한 후각이 발달합니다. 금송이 죽기 전까지 김정일 장군은 나를 99퍼센트 신뢰했습니다. 그러나 남은 1퍼센트는 어떤 돌풍이 부느냐에 따라 순식간에 99퍼센트를 뒤엎고 맙니다. 수령의 정치, 황제의 정치는 그런 것입니다.

김정일 장군은 허심탄회하게 내게 마음을 털어놓기도 했습니다. 나와 격의 없이 마주 앉아 술잔을 기울이기도 했지요. 김정일 장군과 김대중 대통령이 정상회담을 할 때, 남조선 인사들은 내가 김정일 장군에게 자연스럽게 말하고 가까이서 보좌하는 모습을 보고 놀랐다고들 말했습니다. 아, 정말 2인자로구나. 실세가 맞구나. 정말 권력을 모르는 사람들입니다. 선거로 대통령을 갈아치우는 나라가 돼서 남조선 인사들은 수령의 정치가 어떤지 감을 못 잡는 것이지요. 2004년에도 김정일 장군은 나를 쫓아냈습니다. 내 측근이 호화 결혼식을 벌였다는 이유였지요. 나는 평양을 떠나서 농촌에서 근신해야만 했습니다. 공화국에서 평양을 떠난다는 것은 곧 죽음입니다. 2인자든 3인자든 수령을 위협하는 세력을 꾀하면 바로 숙청 아니면 죽음입니다. 그걸 내가 왜 모르겠습니까?

딸 금송이 죽은 후 2년이 지난 2008년 여름이었습니다. 김정일 장군이 뇌출혈로 쓰러지는 변고가 터졌습니다. 나는 공화국을 지킬 긴급하고 중요한 결정을 내렸습니다. 비상상태에 대비한 위기관리팀을 가동했고 당과 군의 핵심들이 동요하지 않도록 노력했습니다. 무엇보다 김정일 장군의 건강 회복이 중요했습니다. 단호하게 외국 의료진을 초빙했지요. 이럴 때는 주체니 자주성이니 하는 말의 성찬은 독입니다. 공화국의 의료 수준은 선진국에 비해 많이 떨어지지요. 다른 분야에서도 마찬가지입니다. 절체절명의 순간에는 현실을 똑바로 봐야 합니다. 내가 모든 것을 책임지겠다고 나섰지요. 비상한 시기에는 비상하게 대응해야만 합니다. 더욱이 후계자 문제가 정리되지 않았습니다. 수령이 영도하는 유일 지도 체계에서 후계자 없이 수령이 죽는다는 것은 악몽입니다. 공화국의 뼈대가 흔들립니다. 공화국의 상층부는 단단한 것 같지만 의외로 허약합니다. 그걸 아는 나로서는 김정일 장군의 소생이 무엇보다 중요했습니다.

다행스럽게도 김정일 장군은 회복했습니다. 장군의 판단력이 돌아왔습니다. 공화국의 심장이 다시 뛰기 시작한 것입니다. 병상에 누운 장군이 내게 말했습니다.

"그동안 어떻게 했는지 말해보라우."

비상관리체제를 꾸리고 돌아간 사정을 말씀드렸습니다. 의료진의 선정과 수술 경과도 말씀드렸지요. 장군은 짧게 말했습니다.

"고생 많았수다."

나는 고개를 깊이 숙였습니다. 그 한마디 말로 내 삶은 충분한 것입니다. 할 만큼 한 것입니다. 누가 알든 모르든 나는 쓰러지는 공화국을 일으켜 세운 것입니다.

얼마 후 김정일 장군이 집무실로 나를 불렀습니다. 아직도 회복 중인 장군은 누워 있었습니다. 장군의 침대로 모인 8인을 보고 나는 놀랐습니다. 김영남, 최영림, 리영호, 최룡해, 김영춘, 박봉주, 황병서, 리수용. 당과 군과 정의 핵심이 모였습니다. 뭔가 심상찮은 일이 벌어질 것 같았습니다.

김정일 장군은 한참을 침묵하다 물었습니다.

"후계자는 누가 좋갔수?"

모두 조용했습니다. 나는 김정일 장군이 9인의 집단지도체제를 마음에 둔 것이 아닐까 생각했습니다. 그리고 혹시 그 집단지도의 수장으로……. 나는 속으로 놀랐습니다. 털끝 하나에도, 거스러미에도 머물러선 안 될 생각이었습니다. 그런 생각을 떠올린 것 자체만으로도 나는 공포에 질렸습니다. 나는 그날 떠올린 생각을 회상만 해도 진저리를 칩니다. 내 머릿속 깊숙한 갈피에 어찌 그런 무시무시한 생각이 잠들어 있었을까요. 김정일 장군은 그런 나의 생각을 꿰뚫었는지 내게 물었습니다.

"장성택 동지가 말해보라우."

나는 허리를 깊숙이 숙이고 침묵했습니다. 누구도 입을 열지 않았습니다.

수령 유일 체계에서 누구도 후계자의 이름을 거론하기 어렵습니다. 후계자의 이름은 김정일 장군의 입에서 먼저 나와야만 합니다. 우리는 모두 누가 정해질지 알고 있었지만 침묵을 지켰습니다. 무시무시한 침묵이었지요. 당시로서는 그 침묵을 견뎌내는 것이 목숨을 건 치열한 전투나 다름없었습니다. 이윽고 김정일 장군이 후계자를 지명하면서 모두가 정리되었습니다. 모두 안심했습니다. 공화국을 지키는 태양이 사라져도 새로운 태양이 떠오르게 된 것입니다.

그러나 그게 과연 내 진실일까요? 일단 무사히 또 하나의 험준한 산을 넘었다는 안도감은 얻었지만 나는 내 자신도 미처 깨닫지 못한 깊은 절망감과 앞이 보이지 않는 거대한 벽을 마주한 듯한 기이한 무력감에 시달렸습니다. 이상한 허탈이었습니다. 당연히 예견한 결과인데도 그 결과를 눈앞에 받고 보니 그 느낌은 전혀 예상하지 못한 것이었습니다, 나는 자신이 너무나 구차하고 비루해서 견딜 수 없었습니다. 아, 인간은 얼마나 간사한 것인가요? 인간은 절대 자기 자신을 알지 못합니다.

나는 김정일 장군과 후계자 김정은 동지가 함께한 현지지도를 자주 수행했습니다. 그런 날의 아침이면 나는 거울 앞에서서 얼마나 혹독하게 자신에게 다짐했던가요. 일분일초도 경계를 늦추지 말고 자신을 단속하자. 자칫하면 모든 것이 끝장이다. 아마 나뿐만 아니라 그날 수행이 결정된 다른 동지들도 똑같이 그런 결심을 굳힌 뒤 나오고 있었을 겁니다.

김정일 장군의 나에 대한 믿음은 날로 더 커지는 것 같았습니다. 김정일 장군은 자신이 죽음의 고비를 넘기는 몇 달 동안 나의 처신을 높이 평가하고 있었습니다. 하지만 나는 알고 있었습니다. 새로 올 최고영도자와 같이하기는 어렵다는 것을. 나에 대한 김정일 장군의 신임이 커질수록 다음 후계자와는 나빠질 수밖에 없습니다. 모든 아들은 아버지를 극복하려 합니다. 모든 후계자는 선임자의 뜻대로 움직이려 하지 않습니다. 아니 모든 후계자는 선임자를 넘어서려고 하는 법입니다. 새로운 태양이 뜨면 그 태양이 하늘의 주인인 것입니다. 그 태양 아래에 새 하늘과 새 땅이 존재하는 것이지요.

최고영도자 김정은이 등극한 1년이 지나서 나는 김정은 동지에게 사직하고 싶다는 뜻을 전했습니다. 몸이 좋지 않다고 말했습니다. 2012년 겨울이었지요. 남조선의 언론에서 내가 2인자니, 내가 중국식 개혁 개방을 주도한다느니 따위의 뉴스로 채우고 있을 때입니다. 내가 얼마 전 대규모 대표단을 이끌고 중국을 방문해서 후진타오 주석을 비롯한 중국의 최고위급 인물을 만났기 때문이기도 하겠지요. 중국과 황금평과 나선경제지구 개발을 협력하는 방문이었습니다. 겉은 번지르르했지만 방문 성과는 실속 없었습니다. 중국은 김정은 정권이 어디로 향할지 유심히 지켜보고 있었습니다. 실질적인 지원을 쉽사리 내놓지 않았지요. 공화국을 전폭적으로 지원한다는 말만 이어졌을 뿐입니다. 남조선의 언론은 왜 그리 경박한 것일까요? 또 어찌 그리 무식할까요? 공화국에 대한 남조선 언론의 뻔뻔한 거짓말에 어이가 없을 때가 한두 번이 아닙니다. 김정일 장군이 상하이를 방문해 늘어선 마천루를 가리키며 천지가 개벽했다고 말하면 남조선 언론은 공화국이 곧 중국식 개혁 개방으로 나설 것처럼 보도합니다. 김정일 장군이 중국을 방문했는데 중국 경제에 문제가 많다고 말해야 합니까? 김정일 장군은 중국을 가장 경계해야 할 나라라고 말해왔습니다. 우리 역사에서 우리에게 가장 고통을 많이 준 나라가 중국이라고. 김정일 장군은 결코 중국식 개혁 개방을 하지 않습니다. 지금 번창한 중국 꼴을 보십시오. 미국보다 더한 불평등이 지배하지 않습니까? 그 불평등이 언제 어떤 방식으로든 터지지 않겠습니까?

나는 변화한 자본주의를 남조선에서도 잘 보았지요. 2002년 10월에 북한경제시찰단의 단원으로 남조선을 방문했지요. 나는 중소기업을 많이 다니고 싶었습니다. 그게 우리 공화국 경제 실정에 도움이 되는 기업이었지요. 하지만 남조선은 우리 시찰단을 삼성전자와 현대중공업, 현대자동차와 포항제철소 같은 대기업으로 끌고 다녔습니다. 롯데제과와 현대백화점도 보여주더군요. 그들 얼굴에는 봐라, 너희 북조선은 무슨 수를 써도 우리를 따라잡지 못한다는, 남조선 체제가 승리했음을 과시하는 기쁨이 가득했습니다. 어리석은 사람들입니다. 우리는 오래전부터 남조선 경제의 발전상을 잘 알고 있습니다. 우리가 그렇게 세상 소식에 귀를 틀어막고 사는 바보가 아닙니다. 다만 우리는 우리 식대로, 우리 방식대로 살 길을 찾아 나설 따름입니다. 우리 공화국이 살아온 과거를 바꿀 수도 없고, 우리가 택한 경로를 지울 수도 없습니다. 동쪽으로 이미 많이 왔는데 다시 거꾸로 서쪽으로 돌아갈 수는 없는 것 아닙니까?

김정은 동지는 내 사직을 허락하지 않았습니다. '몸이 좋지 않은 줄 안다, 그래도 일심단결로 공화국과 조선혁명을 위해 달려보자'라는 말이었습니다. 교묘한 말입니다. 백두혈통의 직계로, 김정일 장군에게 직접 후계자 수업을 받은 지도자의 행동다웠습니다. 나는 공화국의 제2인자인지도 모릅니다. 그러나 당과 행정부와 인민보위부와 군에서 내게 전해지는 정보는 모두 심상찮았습니다. 그동안 2인자로 일컬어지는 내게는 적이 많이 생겼습니다. 당, 정, 군 모두에 적들이 강력하게 포진해 있지요. 권력은 반드시 적을 만들어냅니다. 김정일 장군이 계실 때는 적들이 감히 내게 반기를 들지 못했습니다. 그러나 지금 그들의 창끝은 맹렬하게 나를 향하고 있습니다. 김정은 동지도 자신의 왕국을 건설하기 위해서는 누군가 희생양이 필요합니다. 피라미는 소용없지요. 거물급을 제사에 올려야 합니다. 남조선과 중국과 국제 사회와 무엇보다 공화국 인민들이 놀랄 희생양 말입니다. 신성해지기 위해서는 세속의 귀한 제물이 필요하지요. 이 모든 것을 너무나 잘 알기 때문에 나는 매일매일 나를 지키기 위해 전쟁과 같은 나날을 보냈습니다. 그러면 그럴수록 점점 비루해지는 자신의 생명을 키우면서 말이지요.

나는 당 행정부장으로 열심히 노력했습니다. 당 정치국과 비서국에 개혁과 개방을 위해, 현실을 타파할 새로운 인재를 영입했습니다. 공화국이라는 배를 항구로 끌고 가기 위해 키를 돌리려고 했습니다. 김정은 동지에게 직보해서 국가안전보위부의 우동측과 군 총참모장 리영호를 제거했습니다. 이들은 보수 강경파의 거두입니다. 공화국이 이대로는 안 된다는 것을 모두가 알지 않느냐고요? 아니죠. 모두는 아닙니다. 공화국 핵심층은 거꾸로, 이대로 가야 한다고 생각하지요. 내가 열심히 뛰면 뛸수록 종파를 만들고 세도를 부린다는 보고가 김정은 동지에게 올라갔습니다. 내가 노력하지 않으면 반당책동을 일삼고 무능해서 경제를 악화시킨다는 보고가 올라갔을 겁니다. 그때는 간악한 무리들이 권력 투쟁을 벌인다고 생각했지만 모르겠습니다. 내 속에 그런 음모가 자라고 있었는지도 모르지요. 시간을 뒤로 돌려 생각해보면 당시로서는 나도 모르는 어떤 힘에 속수무책 끌려가고 있었으니까요.

김정일 장군이 죽었을 때 나는 순장되어야 했습니다. 다리를 모으고 편안하게 모로 누워서 말입니다. 순장도 내 뜻대로 되지 않지요. 이제 내 길은 외곬입니다. 곧게 뻗은 그 길의 소실점이 어디에서 멈출지 나는 알고 있었습니다. 내가 중국으로 도피하면 되지 않느냐고요? 중국이 나를 환영해줄 것 같습니까? 새로 등극한 야심만만한 청년 실력자와 정면충돌을 빚고 싶겠습니까? 내가 어느 나라든 도피하는 순간 나는 악랄한 반당분자에 종파분자로 낙인 찍힙니다. 나와 측근 몇 사람의 희생으로 끝날 일이 나와 관련된 수천 명의 희생으로 확대될 것입니다. 그 사람들의 피와 뼈는 새로운 젊은 지도자의 기반을 다지는 데 바쳐지겠지요. 나는 어디로든 갈 수 없었습니다. 내가 모든 직을 그만두고 깊은 산골로 내려가면 되지 않느냐고요? 내 사직은 이미 김정은 동지가 허락하지 않았습니다. 당과 군의 핵심 간부가 허락을 받지 않고 마음대로 낙향하는 것은 지도자에 대한 엄청난 도전입니다.

오늘은 2013년 9월의 마지막 날입니다. 오늘 파티가 있었습니다. 당, 정, 군의 간부들이 여럿 모여 회포를 풀었습니다. 독한 술이 돌았지요. 접대원 여성 동무도 여럿 불렀습니다. 남조선에서 생각하는 그런 접대원 동무가 아닙니다. 그 뭐라든가, 그렇죠. 웨이트리스죠. 남조선에선 이모나 언니라고도 부르더군요. 하하. 거 아무리 생각해봐도 이상한 이름 아닙니까? 이모나 언니라니. 70년이나 남북이 나눠져 있으니 쓰는 말도 너무 달라졌어요. 어쨌든 우린 술이 많이 취했습니다. 요즘 내가 공식 행사에 나가지 않으니까 모두들 걱정이 많더군요. 나는 별일 아니라고 말했습니다. 그냥 몸이 좋지 않아서 그랬다고 둘러댔지요. 인민보안부의 간부가 내게 말했습니다.

"1호 동지. 1호 동지가 공식 행사에 자주 나서야 하지요."

정신이 번쩍 들었습니다. 귀 옆에 대고 큰 종소리가 울린 것 같았지요. 내가 당 행정부를 통해 키워준 간부였습니다. 1호 동지라니. 공화국에 1호 동지가 어디 있나요. 1호라는 이름은 영도자 한 사람만 달 수 있는 말입니다. 이놈은 첩자입니다. 적의 편에 넘어간 놈이지요. 나를 시험하고 나에 관한 정보를 국가안전보위부에 낱낱이 알리는 놈이었습니다. 놈은 1호 동지라는 말에 내가 어떻게 반응하나 유심히 지켜보고 있었습니다. 나는 슬쩍 몸을 비켰습니다.

"1호 동지라니. 그런 말을 하면 쓰나. 술이 많이 취했구먼."

그 자리에 참석한 다른 동지들은 파티에서 술이 취해 나온 말로 여겼을지 모릅니다. 하지만 나는 확신했습니다. 맹수가 문 앞까지 왔다는 것을. 그리고 곧 맹수가 문을 넘어 공격할 것이라는 것을.

나는 다음 날 김정은 동지를 만났습니다. 집무실에 앉은 김정은 동지는 엄중한 모습이었습니다. 표정은 굳어 있고 눈은 날카롭게 나를 쏘아보고 있었습니다. 나도 김정일 장군의 궁정정치를 겪으며 단련된 사람입니다. 승부는 이미 나 있습니다. 그러나 혹시 승부를 연장하거나 조용히 넘어갈 마지막 한 가닥은 남아 있을지 모릅니다. 나는 핵심을 말했습니다. 고개도 깊숙이 숙였지요.

"지도자 동지. 내가 과오가 많습네다."

김정은 동지는 물끄러미 나를 바라보았습니다. 집무실의 공기는 무거워 질식할 것만 같았지요. 숨이 턱턱 막히는 짙은 밀도였습니다.

김정은 동지가 손을 들어 내게 물러가라는 표시를 했습니다. 그러고는 의자를 뒤로 돌려 밖의 풍경을 바라보았습니다. 바람에 잎이 날려 떨어지고 있었습니다.

나는 돌아서 나왔습니다. 왠지 모르지만 그때 나는 내가 가진 모든 것을 걸고 도박한 느낌이었습니다. 도박의 결과는 모든 것을 잃었지만 차라리 후련한 느낌이었다는 겁니다. 그것은 거대한 검은 구덩이를 본 느낌이었습니다. 인간은 때로 자신이 가장 두려워하는 그 검은 구덩이에 스스로 걸어 들어가는 어리석음을 저지릅니다. 자포자기 같은 심정 말이지요. 나는 굴욕적인 내 생명에 스스로 침을 뱉었는지 모릅니다.

2인자로 불린 나의 결말은 곧 밝혀질 것입니다. 나는 두렵지 않습니다. 김일성 주석과 김정일 장군의 문제는 그들의 정치가 너무 성공해버렸다는 지점에서 출발합니다. 백두혈통을 제외한 어떤 반대자도 살아남지 못했습니다. 김일성 주석이 1967년 갑산파를 숙청하면서 오로지 유일 영도 체계만 남았습니다. 그전까지는 노동당에 이런저런 경쟁 집단이 돌아갔지요. 그들은 비판도 하고 건의도 하고 다른 방향도 제시했습니다. 그러나 김일성 주석은 독한 제초제를 가득 뿌려 모든 풀을 다 죽였지요. 오직 거목 하나만 독야청청 남았습니다. 나는 그 지나치게 성공한 백두혈통의 정치에서 나름 덕을 보고 누릴 혜택은 다 누렸지요. 이제 결산을 해야 할 때입니다.

내 삶은 김경희가 나를 사랑하면서 결정되고 말았습니다. 나는 뜻하지 않게 백두혈통의 삶으로 멱살을 잡혀 끌려들어간 것이지요. 원산에서 만난 강미선이 생각납니다. 그녀는 잘 지낼까요. 아들 둘과 딸 하나가 있다고 들었습니다. 그녀가 행복했으면 좋겠습니다. 원산 명사십리의 해변 솔밭에서 그녀와 나눈 키스는 달콤했습니다. 강미선의 입술과 가슴의 떨림이 지금도 느껴집니다. 어쩌면 나는 그때 인생을 다 살아버린 건지도 모릅니다.

나는 김경희를 원망하는 것일까요. 내가 김경희를 원망할 리가 있겠습니까. 그건 김경희도 나도 어쩌지 못한 운명인 것을요.

내가 제물로 바쳐지면 종파분자와 적대분자가 척결되었다고 공화국에서 환호가 울려 퍼질 것입니다. 그리고 머지않아 노동당 대회가 열릴 것입니다. 김정은 국방위원회 제1위원장의 시대가 선포될 것입니다.

그렇습니다. 비록 비루한 삶을 그때까지 이어왔지만 내게도 한 가닥 꿈은 있었는지 모릅니다. 나는 공화국이라는 파선된 배를 항구로 끌고 가 수리를 하고자 했습니다. 그리고 다시 항해에 나서도록 하고 싶었습니다. 어디로 항해할지는 다음 순서였지요. 나는 결국 배를 항구로 데리고 가지 못했습니다. 끝없는 파도와 바람과 싸우는 항해가 남았을 뿐입니다.

나는 백두혈통의 김경희와 사랑 아닌 사랑과 결혼 아닌 결혼을 했었습니다.

나는 원산의 강미선을 선택하지 못했습니다.

딸 금송은 파리에서 자살했습니다.

나는 김정일 장군의 무덤 아래 순장되어야 했습니다.

내가 운명을 선택한 것이 아닙니다. 운명이 나를 선택했습니다.

나는 장성택입니다.

아오이 츠카사를 위한 자세

언철의 삶은 점점 좁아드는 문이었다.
짙어만 가는 고독이기도 했다.
연철이 말한 고독은 그런 것이었다.
결코 타인과 하나로 된다는 게 불가능한.
그건 고립이기도 했다.

연철이 스튜디오의 의자에 앉는다. 카메라를 똑바로 보면서 어깨를 펴본다. 청바지의 품이 헐렁하고 티셔츠는 구김이 져 있다. 의자에 팔걸이가 없어 불편한지 팔짱을 꼈다가는 손을 무릎 위에 올려놓는다. 땀이 밴 손바닥을 바지에 문지른다.

토크쇼 진행자인 현서가 연철 옆에 앉아서는 몸이 괜찮은지 물어본다. 현서는 가슴이 파이고 몸에 착 달라붙은 주황색 블라우스에 플레어 치마를 입은 화사한 분위기다. 연철이 천장에서 쏟아지는 조명에 머리카락이 타는 것 같다고 투덜거린다. 현서가 곧 익숙해진다고 말한다.

현서는 유튜브 채널의 1인 제작자이다. 그녀가 앉은 스튜디오는 1인 제작자들을 위해 '콘텐츠 미디어 플랫폼'인 해무리회사가 제공한 촬영 장소다. 해무리회사는 1인 제작자들이 제작한 동영상을 유튜브에 방송하고 얻은 광고수입을 제작자와 반반씩 나눈다. 현서는 '집 나간 백설공주'란 이름의 1인 제작자인데 선정적인 프로그램으로 인기가 높다. 금요일 밤에 〈집 나간 백설공주의 토크쇼〉를 생방송 할 때면 동시 접속자 수가 상당하다. 오늘은 토크쇼의 열아홉 번째 방송이다.

현서 : 금요일 밤, 저희 토크쇼를 기다린 시청자 여러분 감사합니다. 오늘 귀한 손님을 모셨습니다. 일본의 AV 배우 아오이 츠카사와 섹스를 하고 돌아온 성연철 씨입니다. AV는 Adult Video의 약자로 일본식 포르노를 말하죠. 자, 먼저 아오이 츠카사가 어떤 배우인지 이야기해주시겠어요?

연철 : (목소리가 떨린다) 그분은 첫사랑이자 마지막 사랑이죠. 아오이 츠카사, 이름만 불러도 가슴이 벅차오릅니다. 꿈속에서 제가 허락한 단 한 분이죠.

현서 : 첫사랑! 설레는 말이네요. 그럼 첫사랑인 아오이 츠카사를 소개해주겠어요?

연철 : (말에 두서가 없다) 말했지 않습니까. 천국이 있다면 그녀와 함께하는 자리죠. 태양과 맞먹는 분입니다. 태양이 사라진 암흑의 하늘을 떠올려보세요.

현서 : (몸을 연철 쪽으로 기울이며 달콤한 어조로 말한다) 애정이 정말 깊군요. 부럽습니다. 베르테르가 사랑한

샤롯데도 그런 애정을 받았을까요. 그럼 아오이 츠카사 자료 화면을 보죠.

아오이 츠카사의 자료 화면이 뜬다. 1990년생이다. 인기 화보 출신으로 2010년 10월에 AV배우로 데뷔했다. 약 60여 편의 작품이 있다. 사진의 아오이 츠카사는 흰 티를 입고 어깨까지 내려오는 머리에 피부가 하얗다. 갸름한 얼굴에 눈이 반짝거리고 입술이 도톰하다. 청춘 드라마의 여주인공으로 금방 출연해도 좋을 청순한 모습이다. 부천 국제판타스틱영화제에 게스트로 초청되어 핑크색 드레스를 입고 어깨를 드러낸 사진이 이어진다. 사진의 그녀는 상큼한 미소를 지으며 관중을 향해 손을 흔들고 있다.

현서 : 어떻게 아오이 츠카사의 초청을 받게 되었나요?

연철 : 아오이 츠카사가 출연한 모든 작품을 제가 구입했죠. 일본의 소속사에서 작품이 나오면 바로 샀습니다. 그녀의 작품을 보려고 틈틈이 일본어도 공부했고요. 석 달 전 그날, 제게 이메일이 도착했습니다. (목소리에 열기가 오른다) 아오이 츠카사가 세계 무대로 진출하기 위한 작품을 만든다고 했죠. 그 작품의 뒤에 특별판으로 세계에서 초청한 남자들과의 섹스 장면을 넣는다는 겁니다. 난 한국 열성 팬의 자격으로 초

청받았어요.

현서 : 대단한 영광이에요.

연철은 고시원에서 일본에서 온 이메일을 받았다. 창문이 없는 방은 바깥의 시간과 공간에서 단절된 붕 떠 있는 곳이었다. 불을 켜서 방이 밝아져도 분리된 느낌은 달라지지 않았다. 복도에서조차 아무 소리도 들리지 않아 무인도에 앉은 착각이 들었다. 직장을 그만두고서 며칠을 고시원 방에서만 지내본 적이 있었다. 잠에서 깨어나면 짙은 어둠뿐이었다. 오전 11시였으나 햇빛과 차단된 방에서 그건 밝음과 관계없는 숫자에 불과했다. 며칠을 침대와 책상만 놓인 방에서만 지내자 연철은 자신이 죽은 것이 아닐까 의심이 들었다. 방에 누워 있는 이 사람은 몸에서 빠져나간 귀신이 아닐까? 그는 자신의 뺨을 꼬집고 귀를 잡아당겼다. 무척 아팠다. 24시간 돌아가는 냉장고의 소음과 그 안에 든 냉기 가득한 음식이 역설적으로 그가 살아 있음을 알려주었다.

연철이 잠에서 깨어나 이메일을 연 시각도 낮인지 밤인지 알기 어려울 때였다. 그는 이메일을 확인하고는 기쁨의 비명을 지르고 몇 번 뛰기도 했다. 그러고는 스스로 놀라 입을 틀어막고 꼼짝도 않고 서 있었다. 옆방에서 괴상한 소리가 들리면 얼마나 짜증을 냈던가? 그는 옆방에서 흐느끼는 소리에 기겁을 하곤 했다. 얇은 판자를 타고 흐르는 신음과 울음소리는 무섭기도 했지만 별별 상상을 불러내곤 했다. 고시원은 2층 건물로 디귿자 모양의 벽을 따라 방들이 따닥따닥 붙어 있고 그 중앙에 두 줄로 창문 없는 방이 나란한 구조였다. 1층에 남녀용으로 분리된 화장실과 샤워장, 그리고 주인이 간단한 아침을 차려주는, 식당이라기보다 식탁 세 개의 휴게실에 가까운 공간이 하나 있었다. 몸이 뚱뚱한 여주인은 밥과 국, 김치와 두 가지 반찬으로 구성된 아침 식단에 관대한 돈을 받았다. 고시원에 사람이 많이 든 것은 싼 방값에다 밥을 가득 퍼주는 아침의 너그러움 때문이기도 했다. 그러나 식당에 가까운 방들은 여주인이 오전 6시부터 준비하는 식사 소음에 시달려야만 했다.

연철은 이메일을 경건한 마음으로 다시 읽었다. 책상에 쌓인 아오이 츠카사의 DVD들이 그를 흐뭇하게 내려다보았다. 그녀의 소속사가 연철을 도쿄로 초대한 것이다.

"아오이 츠카사를 아끼는 귀하에게 기쁜 소식을 전합니다. 그녀가 국제 무대에 진출하는 특별작품이 나옵니다. 특별작품 출시에 맞춰 귀하가 그녀와 함께하는 홍보 영상을 만들 계획입니다. 전 세계에서 엄선된 몇 분에게만 드리는 기회입니다."

연철은 이메일을 읽고 또 읽었다. 되풀이해서 읽지 않으면 글자가 사라져버릴 것만 같았다. 그는 일본어 해석을 잘못한 것이 아닐까 두려워 단어를 하나하나 사전에서 찾아보았다. 그가 외국어를 그렇게 조심스럽게 다룬 것은 처음이었다. 또 문자가 그에게 강렬한 흥분과 기대를 가져다준 것도 역시 처음이었다. 연철은 이메일의 의미를 완벽하게 이해하는 순간 벌떡 일어나 쿵쿵 뛰며 고함을 질렀다. 온몸이 터져 나가는 것만 같아 벽을 주먹으로 치고는 빙글빙글 춤을 추었다. 욕설이 사방에서 쏟아지고 누군가는 방문을 발로 차기도 했다.

현서 : 바로 도쿄로 갔어요?

연철 : 7일 후 도쿄 시부야의 소속사로 갔습니다. 다행스럽게 도쿄는 멀지 않으니까요. 제가 다니던 경비업체에 5일 휴가를 냈지요. 야간 근무조라서 휴가 얻기가 쉽지 않았습니다. 동료에게 근무를 대신 서 달라고 부탁하며 수고비까지 얹어주었고. 하하. 처음에 화를 내던 동료들이 현금을 보자 또 연락을 하라고 하더군요.

현서 : 우정을 나누는 데도 돈이 필요하네요. 전 세계에서 몇 명의 남자가 왔나요?

연철 : (양손을 쫙 펴고 손가락 하나를 접는다) 모두 9명.

현서 : 백인과 흑인도 있고?

연철 : 그렇죠. 나라로 말하면 호주, 미국, 캐나다, 영국, 중국, 태국, 나라 이름을 다 외우기가. 그렇군요. 독일과 프랑스. 그리고 나였지요.

현서 : 자랑스러운 대한민국인입니다. 세계의 남성들과 당

당히 겨룬. 여기서 시청자 분들의 전화를 받겠습니다. '집 나간 백설공주' 현서와 통화를 원하는 분, 바로 전화를 주세요.

시청자와 나눈 통화를 소개하기에 앞서 〈집 나간 백설공주의 토크쇼〉가 어떻게 뜨게 되었을까, 궁금한 분이 있을 것이다. 시청자의 뜨거운 관심을 받게 된 건 살인범이 주인공인 다섯 번째 방송 부터였다. 그는 아내를 죽이고 몸을 숨긴 사이에 사귄 동거녀를 죽이려다 실패했다. 살인범은 몸에 맞는 감색 양복에 붉은색 사선이 그어진 넥타이를 매고 나왔다. 도망치는 중에 구한 옷 치고는 유행에 맞아 보였으나 자세히 보면 소매가 닳았고 몇 곳에는 얼룩이 묻었으며 칼라도 구겨졌다. 넥타이는 비틀리고 장식 문양의 실밥이 풀려서 빠지는 바람에 그 부분이 볼품없이 울렸다. 그는 회색 중절모를 쓰고 점잔을 빼면서 앉았다.

카메라가 그의 떨리는 무릎과 손을 몇 번 클로즈업한 다음에 현서가 첫 질문으로 살인을 후회하느냐고 물었다. 남자는 첫 질문을 예상하지 못했는지 아내가 봄 한 계절에만 열두 벌의 옷을 샀으며 학교 동창들과 새벽까지 노는 모임을 지긋지긋하게 계속했다는 말을 앞뒤 맞지 않게 늘어놓았다. 현서가 말을 자르고는 다시 물었다. 방송이 끝나면 자수할 생각이죠? 그렇다고 그는 대답했다. 현서가 뻔뻔하다며 그를 몰아쳤다.

자수할 마당에 변명을 하다니 고인에게 부끄럽지 않나요? 하지만 현서의 방송 목적은 다른 곳에 있었다.

그녀는 남자에게 아내를 목 졸라 죽이는 모습을 재현하도록 압박붕대를 건넸다. 남자는 스튜디오를 내리비추는 강렬한 조명과 현서의 공격적인 질문에 제정신이 아닌 것처럼 보였다. 그는 현서의 주문대로 압박붕대를 그녀 목에 감고 끝을 손에 쥐고서는 두 번을 잡아당겼다. 현서의 턱과 뺨의 근육이 비틀리고 눈동자가 커졌으며 몇 방울의 눈물이 떨어졌다. 크게 벌어진 입이 어떤 비명을 외칠 것 같았으나 아무런 소리가 나오지 않았다. 그녀의 왼손은 목 가까이에서 뻣뻣하게 굳어 있었다. 남자가 한 번 더 세게 붕대를 잡아당기면 방송이 끝장날 것처럼 보였다. 카메라 기사가 현서의 얼굴에 초점을 맞추고는 확대했다가 자신도 놀라서 물러났다. 다시 카메라가 현서의 목과 눈물자국을 클로즈업했다. 현서가 오른손으로 남자를 밀치자 남자가 손의 힘을 늦춰서는 자신의 의자로 물러났다. 두 번을 잡아당겼을 뿐인데 현서의 목에 생긴 시뻘건 자국이 흉하게 부풀어 올랐다.

현서는 기침을 하고는 단호하게 말했다. 목이 졸려 죽는다는 게 이런 거였군요. 이렇게 죽이고도 사과를 하지 않다니……. 당장 고인과 유족에게 사과하세요. 남자는 어리둥절한 표정이었다. 현서가 방송에 출연시키면서 다짐한 약속과 다르거나 미리 정한 질문과 맞지 않는다는 당혹스런 얼굴로 주변을 둘러보았다. 그러나 그를 도와줄 아무도 없었다. 현서가 제작자이면서 연출가였고 사회자였다. 현서가 심판관의 엄중한 목소리로 '지금 사과를 해야만 합니다'라고 말하자 남자가 죄송하다는 말을 우물대었다. 그는 현서를 쳐다보고 그녀의 엄중한 눈초리에 죗값을 치르겠다고 말하고는 갑자기 울음을 터뜨렸다.

현서가 흐느끼는 남자의 어깨에 손을 얹는 순간에 방송실 문을 박차고 들어온 형사들이 남자를 덮쳤다. 대단한 볼거리였다. 형사가 체포영장을 카메라 앞에서 흔드는 사이에 형사 둘이 남자의 팔을 뒤로 꺾었다. 자신의 비극적인 자수가 실패로 돌아가서인지 남자가 길길이 날뛰었다. 남자를 덮쳤던 형사 한 사람이 '자수한다니까'라고 외치는 남자의 주먹을 맞고 떨어지면서 남자의 한 손에 채워진 수갑이 허공에 덜렁거렸다. 소동 중에 현서가 넘어지면서 붉은 스커트 아래에 감춰진 검정 레이스 팬티의 자락이 노출되었다. 카메라 두 대가 형사와 살인범이 벌이는 격투와 욕설과 신음을 그대로 방송했고 형사 하나가 현서를 향해 '쓰레기'라며 침을 뱉는 모습까지 화면을 탔다. 현서가 형사를 밀치고는 끌려 나가는 남자의 얼굴에 마이크를 대고 뭔가를 물었으나 욕설과 외마디 비명이 돌아왔다. 1인 방송 사상 최대의 이슈를 몰고 왔으며 생방송뿐만 아니라 다시보기까지 조회수가 엄청났다. 신문과 지상파 방송은 1인 제작 방송을 규제해야 한다는 목소리를 높였다. 어쨌든 그 방송 이후로 그녀의 방송에 출연할 사람은 넘쳐나서 현서는 게스트를 골라서 뽑는 연출가의 기쁨을 맘껏 누렸다.

현서 : 자, 시청자의 전화를 받아보죠. 어디 사는 분인지 말씀해주겠어요? 시흥에 사는 표원돌 씨. 감사합니다. 말씀하세요.

표원돌 : 아오이 츠카사를 좋아하지 않아요. 예쁘고 청순하지만 절정에 오를 때의 표정이 치열하지 않지요. 출연자에게 우에하라 아이의 작품을 권하고 싶네요. 온몸을 바쳐 몰입하는 연기가 탁월합니다.

현서 : 아오이 츠카사가 AV배우로서 격이 떨어진다는 말씀인가요?

표원돌 : 너무 청순미에만 기대지 않나 하는 우려죠.

현서 : 심미안이 높군요. 남자 시청자의 전화를 또 받겠습니다. 네, 말씀하세요.

남자 시청자 : 아오이 츠카사는 신음 소리가 별로죠. 엉덩이야 잘 빠졌지만. 후지와라 사토미의 교성을 들어보기를 권해요. 그녀가 최고죠.

현서 : 일본 AV팬들이 많네요. 일본의 여배우들에게 알려주고 싶어요. 이번에는 여자 시청자의 전화를 받겠습니다.

여자 시청자 : 일본까지 가서 동정을 바치다니. 답답해요.

서른일곱이 되도록 한국에서 여자를 안지 못했다니 가슴이 아파요. 어떻게 그럴 수가. 우리 여자들의 수치예요. 제가 기회를 드릴 생각도 있어요.

현서 : 기회라면, 직접 몸으로?

여자 시청자 : 그럼요. 현서가 주선해줄래요?

현서 : 아, 네. 폰 번호를 남겨주실래요. 감사합니다.

현서 : (연철에게) 다른 AV배우가 절정에서 더 뛰어나다는 의견은 어떻게 생각해요.

연철 : 다른 사람의 취향은 관심 없어요. 제게는 아오이 츠카사뿐이니까요. 하지만 절정이라니, 어디에서의 절정 말입니까. 그녀는 항상 절정에 서 있죠. 미소 한 번과 악수 한 번에도 절정이 숨어 있어요.

현서 : (감탄한 얼굴이다) 아오이 츠카사와의 경험이 첫 경험이었다면서요.

연철 : 그녀의 매니저가 여자 경험이 많은지 물어서 숫총각이라고 말했죠.

현서 : (잠시 침묵한다) 숫총각이라는 뉘앙스가 참. 그래서 아오이 츠카사의 홍보 동영상에 그 말이 올라간 것이군요. 당신이 사랑한 그녀도 알았나요?

연철 : 아오이 츠카사와 악수를 나눌 때 그녀가 제게 말했죠. "제가 첫 상대라니 기뻐요."라고

현서 : 사랑한 그녀에게 첫 경험을 주다니 짜릿하네요. 그래

도 추궁을 해야겠죠. 아직까지 왜 한국의 여자와 잠자리를 못했나요?

연철 : 글쎄요. 나한테 문제가 있는 건지, 한국 여자에게 문제가 있었던 건지. 어쩌다 보니 그렇게 됐군요.

현서 : 좋아요. 그렇다면 여기서 질문의 방향을 바꿔볼게요. 어때요?

연철 : 예. 얼마든지……. 이제 와서 무슨 말인들 못 하겠어요.

현서 : 그렇게 열렬하게 포르노에 빠진 이유가 뭐죠?

연철 : 뭐라고요? 현서 씨가 어찌 그런 질문을? 비슷한 처지 아닌가요.

현서 : 제가 선정적인 방송을 하는 이유는 간단해요. 돈이 필요해서죠. 그리고 성장 가능성이 크고 유망한 사업이잖아요. 더구나 오늘날과 같은 복합매체 시대에는. 그렇지만 연철 씨 경우는 우리가 모르는, 남들에게 쉽게 털어놓지 못하는 이유가 있을 것 같은데요. 그게 궁금하다는 거죠.

연철 : 현서 씨는 역시 프로군요. 그 질문에 간단하게 대답할까요? 복잡하게 대답할까요?

현서 : 두 가지 다요.

연철 : 그럼 물어보세요

현서 : 먼저 간단하게 대답한다면서요?

연철 : 고독 때문이죠.

현서 : 고독이요?

연철 : 현대는 고독의 시대고, 그 고독을 가장 경제적으로 해결할 수 있는 방법이 포르노죠.

현서 : 그건 평범해요. 고독 때문에 포르노에 빠져드는 걸 모르는 사람이 어디 있어요?

평범한 대답이었다. 그러나 그 고독을 개별화하면 결코 평범한 게 아니었다. 연철은 좋은 환경에서 자랐다. 아버지가 은행 지점장이었고 어머니는 온화하고 자상했다. 평화로운 집의 풍경은 껍데기에 불과했다. 아버지의 근무 환경은 가혹했다. 은행은 영업실적에 따라 지점을 1급에서 4급까지 나눴고 아버지는 실적에 쫓겼다. 격무와 영업에 시달리는 아버지가 심근경색으로 급사하면서 집은 빠르게 몰락했다. 1990년대 후반부터 2000년대 초반, 모두를 늪으로 몰고 간 경제 위기와 함께였다. 부드럽고 다정한 어머니는 세상 물정에 물렀고 경제적 문제에 실수를 거듭했다. 연철의 누나는 학교 성적이 좋았으나 취직이 급하다는 이유로 꿈을 접고 간호학과로 진학했다. 어머니는 가게를 열었다가 실패를 하면서 거친 세상에 더 주눅이 들었다. 어머니는 자신의 몸 하나 추스르기에 바빠 자녀를 간수하지 못했다. 나무랄 데 없는 가족처럼 보였으나 소통과 대화가 끊긴 사막이었다. 따져보면 사막화는 아버지가 계실 때부터 많이 진척되어 있었다. 저마다 착실히 자신의 할 일을 하는 것처럼 보였지만 사실은 유리로 된 감옥에 살고 있는 거나 마찬가지였다. 아버지의 죽음으로 감춰진 크레바스가 드러난 것이었다. 연철은 생존을 위해서 뭐든지 해내야 하는 바깥 세상에 심한 공포를 느꼈다. 죽을 때가 되어서야 그 공포가 사라질 것 같았다. 연애도 어느 정도 진행되면 그다음 단계가 너무 명확하게 보여 포기하고 말았다. 연철의 삶은 점점 좁아드는 문이었다. 짙어만 가는 고독이기도 했다. 연철이 말한 고독은 그런 것이었다. 결코 타인과 하나로 된다는 게 불가능한. 그건 고립이기도 했다. 연철에게 이번 방송도 극단의 고독 끝에 터진 틈 같은 것이었다. 외로움이 끝까지 가면 두려울 것이 없기도 했다. 수벌의 마지막 비상 같은. 여왕벌을 따른 비행 끝에는 종말이 기다리고 있을지도 모른다.

현서 : 좋아요. 그럼 복잡한 대답은요?
연철 : 그건 비유법으로 설명할게요. 내가 아는 어떤 여자 얘기로요.

현서의 물음에 연철은 고시원의 여자가 생각났다. 고시원의 여자는 샤워를 하면서 울었다. 머리를 감으면서도 자주 울었다. 그녀의 흐느끼는 울음은 샤워기에서 물을 끈 후에도 이어졌고 옆 칸에서 씻는 여자들을 놀라게 했다. 여자는 어떤 순간에 자기도 모르는 울음을 터뜨렸다. 고시원의 여주인은 여자의 우는 버릇이 골칫거리였다. 연철은 어느 날 밤 흐느끼는 소리에 잠에서 깼다. 어렴풋한 소리는 사라졌다가 잊을 만하면 다시 날카롭게 들렸다. 그는 소리에 잠이 깨어 마침내 벌떡 일어났다. 옷 속에 깊게 들어온 벌레처럼 소리가 그의 신경을 건드려 잠에 들 수가 없었다. 얇은 벽을 통해 들려오는 소리는 방향이 분명하지 않아 그는 이명인가도 싶었다. 오른쪽 벽에 귀를 대고 왼쪽 벽에도 귀를 대보았다. 소리는 왼쪽 벽을 타고 들어오고 있었다. 그가 그렇게 확신을 한 순간에 소리는 뚝 끊어졌다. 그래도 연철의 머릿속 잔상이 남아서 밤새 뒤척거리며 소리를 몰아내려고 애를 써야만 했다. 울음소리가 잊힐 만하면 다시 들려와 주인 아주머니에게 따지자, 샤워실에서 자주 우는 그녀임을 알려주었다.

깊은 밤에 연철은 복도에서 그녀와 부딪힌 적이 있었다. 숱이 많은 긴 머리를 내려뜨리고 몸이 마른, 연철 또래의 나이로 짐작되는 여자였다. 그녀는 습관인지 고개를 숙인 채 걷곤 했는데 그 모습이 유령을 닮아서 연철은 흠칫 놀라곤 했다. 그녀에게는 복도의 흐릿한 조명을 안은, 검은 옷을 입은 연철이 유령처럼 보였는지도 모른다. 그녀가 연철의 방 옆에서 오른손으로 머리를 뒤로 넘기는 바람에 유령이기에는 지나치게 허약한 모습이 드러났다. 걱정이 배서 이제는 제대로 펴질까 싶은 얼굴이 지쳐 보였다. 여자가 조용히 말했다.

밤에 폐를 끼치지는 않는지…….

폐라니. 별말씀을. 있는지 없는지도 모르고 지냅니다.

여자는 옅은 웃음을 띠고는 살그머니 자신의 방으로 들어갔다. 여름밤에 그 여자와 같이 옥상에서 잉어 모양의 아이스크림을 나눠 먹은 적이 있었다. 여자는 물고기의 허리를 분질러 물고기는 머리 쪽이 맛있다면서 연철에게 건넸다.

옥상에는 빨래를 너는 시설과 담배를 피우는 장소가 마련되어 있었다. 빨랫대는 남자용과 여자용이 동쪽과 서쪽의 끝에 떨어져서 어떤 경계를 짓고 있었다. 누군지 알지도 못하는 여자들의 팬티와 브래지어와 스타킹이 빨래집게에 꼭 집힌 채로 바람에 초라하게 몸을 흔들대고 있었다. 대체로 낡고 빛이 바래서 욕정을 시들게 만드는 옷감들이었다. 주말의 볕이 좋은 날에는 해가 뜨자 빨랫대가 꽉 찼고 볼품없이 마련한 세 줄의 빨랫줄까지 다 채웠다. 사람의 몸과 컴컴한 비키니 옷장에서 벗어나 해와 바람을 받는 빨랫감들은 즐거워 보였다. 주인 아주머니는 언덕길에 서 있어 해를 잘 받는 옥상을 자랑스러워했다.

연철은 말 없이 아이스크림 잉어를 손에 받아 들고 한입 베어 물었다. 하얀 아이스크림이 입에서 녹았다. 미세먼지를 안은 도시의 불빛은 희뿌옇게 전망을 가렸다. 여자는 뿌연 날씨와 하나를 사면 하나를 더 주는 아이스크림을 이야기했다. 그러고는 구두 뒷굽 이야기를 했다.

지하철 계단에서 갑자기 구두 뒷굽이 똑 부러진 거예요. 저런, 괜찮았어요? 마지막 계단 하나를 남겨두고서 넘어질 뻔했어요. 몸이 앞으로 확 쏠렸는데, 다른 발을 잽싸게 내딛는 바람에 운이 좋았어요. 여자는 자기를 지켜준 왼발을 자랑스럽게 내밀어 보였다. 연철은 못생긴 그녀의 발을 물끄러미 바라보았다.

며칠 후에 그가 사는 방을 누군가 똑똑 두드렸다. 12시 반을 넘은 시간에 방의 불은 꺼져 있었다. 연철은 이어폰을 꽂고 보던 아오이 츠카사의 영상에서 고개를 들었다. 항공기 승무원으로 분장한 아오이 츠카사는 스타킹을 벗기는 남자에게 몸을 맡기고 있었다. 남자가 엉덩이 쪽의 스타킹을 찢자 그녀의 신음이 높아졌다. 문에서 다시 똑똑 소리가 들렸다. 가냘픈 소리는 간절하게 응답을 원하는 것 같기도 했고 무심하게 들리기도 했다. 연철은 어떻게 할까 망설이면서 앉아 있었다. 똑똑 소리가 사라져버렸다.

한 번은 방에 쪽지가 들어왔었다. 쪽지의 겉에는 '옆방에서'라고 쓰여 있었다. 연철은 쪽지를 책상에 올리고는 불편하게 바라보았다. 그는 쪽지를 아오이 츠카사의 DVD 옆에 놓았다가 휴지 뒤로 밀쳐버렸다. 연철에게 고시원의 긴 머리 여자는 여자이되 여자가 아닌 유령으로 느껴졌다. 긴 머리 여자 그녀만이 아니었다. 그와 부딪치는 여자들 모두가 그랬다. 왜 그랬을까? 어쨌든 연철은 살아 있는 여자들이 두려웠다. 여자의 울음만이 아니라 웃음도 두려웠다.

서른일곱 살이 될 때까지 그와 이어질 뻔했던 여자들은 그를 만나면 먹고 마시며 뭔가를 바랐다. 연철은 그 바람이 부담스럽고 버거웠다. 모니터에서 모습을 드러내는 아오이 츠카사는 따뜻하게 피가 돌았고 항상 그를 향해 미소를 지었다. 고립된 그가 불편해할 요구는 한 번도 꺼내지 않았다.

현서 : 한국 여자들이 유령처럼 보인다니 슬퍼요. 그래도 매력적인 여자가 유혹을 하면 꿋꿋하진 않겠죠? (현서가 질문을 던지고 블라우스의 단추를 하나씩 푼다. 그녀는 웃음을 띠며 블라우스를 벌려 핑크색 브래지어를 내보인다. 연철이 시선을 돌린다. 현서가 연철 옆으로 몸을 기울이고는 블라우스를 어깨 뒤로 반쯤 벗어 몸에 걸쳐 그녀의 도톰한 가슴골선이 나타난다. 카메라가 천천히 줌 인을 한다.)

연철 : (연철이 시선을 돌린다) 내겐 아오이 츠카사만이…….

현서 : 덥군요. 옷을 더 벗어야 할 것 같군요. 도쿄로 가서 아오이 츠카사를 언제 만났나요.

연철 : 도쿄의 스튜디오에 도착하자 병원에 가서 피와 소변 검사를 하고 엑스레이를 찍어요. 한국에서 미리 성병과 혈액검사서와 번역본까지 들고 갔지만 새로 해야 한다더군요. 촬영은 이틀 후로 예정되어 도쿄 시내

를 구경 다녔지만 눈에 들어오지가 않았어요. 숙소를 같이 쓴 사람은 호주의 백인 청년이었는데 그는 태연했어요. 밤 늦게까지 도쿄를 다니며 술을 마시기도 했지요.

현서 : 아오이 츠카사와 섹스를 같이할 남자니까 기분이 묘하지는 않았어요? 나만의 여왕이잖아요.

연철 : 나만의 여왕이 된다면 무시무시한 중압감에 시달리겠죠. 내가 견뎌낼까요. 내 몸은 심해에서 건져 올린 물고기처럼 팡 터져버릴지도 모르죠.

현서 : 신체검사에서 탈락한 사람은요?

연철 : 한 사람이 떨어졌죠. 홍콩에서 왔는데 무척 화를 냈죠.

현서 : 그녀의 작품 중에서 어떤 작품이 제일 좋았어요?

연철 : 그녀는 다양한 연기를 했습니다. 항공기 스튜어디스로, 기모노를 입은 제자로, 여의사로 분장하기도 했고, 4초 합체 시리즈도 괜찮았지요.

현서 : 4초 합체 시리즈라면?

연철 : 만난 지 4초 만에 섹스를 해요. 로바다야키에서 만나는 손님들과 즉석에서 몸을 나누죠.

현서 : 급하기도 하셔라. 어떤 장면이 좋았나요?

연철 : 작품의 끝에 아오이 츠카사가 요리를 해서 드시라고 권하는 장면이 좋았지요. 격렬한 섹스가 지나간 후

에 그녀가 부인처럼 요리를 해서 예쁘게 상에 올려 놓지요. 그러면서 제 비디오를 봐줘서 감사하다, 요리를 같이 먹으면 좋겠지만 마음으로라도 나누고 싶어 이렇게 준비했다고 말합니다. 그럴 때의 그녀는 정말로 달콤하고 사랑스러워 견딜 수가 없어요.

현서 : 아! 이런, 이런, 섹스와 요리네요. 남자가 여자에게 기대하는 로망이. 그럼 기다리던 그날의 장면으로 들어가 볼까요. 그 전에 시청자들이 보내온 메시지를 보시죠.

(화면에 시청자가 보낸 메시지가 뜬다. 대부분이 X표가 그어진 욕설과 혐오감 가득한 표현이다. 시청자가 좋아하는 일본 AV배우 이름으로 도배한 글들도 있다. 간혹 아오이 츠카사의 작품을 어떻게 구할 수 있는가, 라는 질문이 올라온다. 아오이 츠카사와 섹스 장면이 늦다며 화를 내는 글도 여럿이다. 그 상황에서 물건이 서느냐는 의문도 있다.)

현서 : 시청자의 질문에 답을 하나 해보죠. (현서는 마지못해 해야 하는 말처럼 목소리를 낮추고 길게 끈다) 촬영 장소에서 제대로 될 수가 있나요? 일반인들이잖아요. 전문 남자 배우도 아니고.

연철 : 맞습니다. 도쿄에 온 출연자는 11명이었는데 2명은 하체가 반응하지 않아 탈락했어요. 촬영 1시간 전쯤

에 약을 먹는데도 그래요.

현서 : 오호, 그랬어요!

연철 : 스튜디오의 조명 불빛이 아주 세고요. 연극 무대처럼 천장에 조명등이 많이 달렸죠. 천장에서 쏘는 조명을 받으면 머리와 목 뒤가 타는 것 같죠. 거기다 좁은 공간에 촬영 카메라가 3대에요. 옆에서, 아래에서, 위에서도 잡고, 둘러싼 스태프들도 많아서 장바닥이죠. 거기서 하는 섹스니까요.

현서 : 고행에 가깝군요. 이제 짜릿한 여왕과의 경험을 소개할 타임. 저도 떨리네요.

연철 : 아침에 먼저 계약서를 씁니다. 9명이 계약서를 쓰는데 3시간이 걸려요. 언어도 다르고 용어도 어렵고.

현서 : (짜증을 낸다) 뭔 계약서를 쓴대요. 섹스 한 번 하려다가 숨 넘어가겠네.

연철 : 우리의 섹스가 아오이 츠카사 작품의 특별판으로 DVD에 실리고 유튜브를 타니까요. 계약서의 가장 중요한 내용은 얼굴과 나라와 이름을 공개해도 되느냐예요. 그리고 여배우에게 상처를 입혀서는 안 된다는 내용. 여배우가 그만하라고 요구하면 즉시 동작을 멈춰야 한다, 사전 시나리오에 따른 행위 외에 다른 행위를 해서는 안 된다, 절대로 질 내 사정을 해서는 안 된다, 그런 경우는 특약조항을 붙이죠. 콘돔

이 벗겨지면 즉시 행위를 중단해야 한다, 두 명이 할 때는 이렇게 하고, 세 명이 할 때는 저렇게 하며…… 후배위가 몇 분에 정상체위는 몇 번째에.

현서 : 잠깐만, 잠깐만. 콘돔을 끼고 아오이 츠카사와 한다고요.

연철 : 그럼요.

현서 : 아니, 무슨 포르노에서 콘돔을! 그걸 어느 사내가 보겠어요.

연철 : 우린 전문 배우가 아니에요. 아마추어라 몸이 어떤 상태인지, 어떤 병에 걸렸는지가 검증이 되지 않았으니까.

현서 : 오, 맙소사.

연철 : (의기양양하게) 아오이 츠카사는 우리의 유명 탤런트와 같은 급의 이름을 날리는 배우예요.

현서 : (카메라를 정면으로 응시하며) 시청자 여러분, 짜릿한 시간을 조금만 더 미뤄둡시다. 기다린 만큼 더 달콤할 거예요.

(화면에 아오이 츠카사의 나체 스틸 사진이 뜬다. 어깨까지 내려오는 긴 머리에 상큼한 미소를 짓고 날씬한 허리에 엉덩이가 동그스름한 아오이 츠카사의 모습이다. 손으로 수줍게 치부와 가슴을 가리고 있다.)

현서 : 자, 이제 그날 그 뜨거운 시간으로 들어갑니다. 9명이

한꺼번에 줄을 서서 하나요. 아니면 순서를 정해서. 모두들 벗고서 대기하나요. 침대에서 하나요. 기다리는 동안 계속 물건이 서 있을 수가 있나요. 후배위로 하는지 (현서가 왼손으로 자신의 가슴을 살짝 어루만진다. 벌어진 입술 사이로 가지런하고 하얀 이가 예쁘게 드러난다. 현서의 숨결이 자연스럽게 높아지고 거칠어진다.) 아아, 궁금합니다. 시청자 여러분도 궁금하죠?

연철 : (눈을 조용히 감았다가 뜬다. 추억에 잠긴 그의 표정이 점점 밝아진다.)

스튜디오에는 주황색 소파와 갈색 작은 탁자가 놓였다. 소파 앞에 놓인 킹사이즈의 매트리스에 침대보처럼 면 재질의 베이지색 덮개를 씌웠다. 천장에 달린 많은 조명시설에는 아직 불이 들어오지 않았다. 그녀가 들어왔다. 연철의 심장 뛰는 소리가 쾅쾅 귀를 울렸다. 세계 각 나라에서 온 다양한 남자들은 한 줄로 서서 아오이 츠카사와 악수를 나눴다. 그녀는 일본 여자에게 흔한 수줍어하는 표정과 몸짓으로 머리를 숙이면서 '잘 부탁합니다'라고 말했다. 연철이 배워두었던 일본말로 열렬한 팬으로 영광이며 모든 작품을 다 감상했다고 말하자 그녀는 놀라면서 눈을 다정하게 맞추었다.

연철과 일행이 대기실로 들어갔다. 한 사람에게 주어진 시간은 90초였다. 자세는 모두 후배위였으나 미국과 독일의 금

발 남자, 대만의 남자 3명에게는 별도로 90초씩 정상위의 시간이 주어졌다. 호주 남자가 첫 번째였다. 신입 AV배우로 보이는 여자가 대기실로 들어와서 호주 남자의 가운을 벗기고 가슴과 사타구니를 애무했다. 호주 남자는 1시간 전에 먹은 발기 약의 효과가 조명과 사람들의 시선을 이겨내지 못해서인지 아직도 팽창하지 못하고 조금 부푼 형태에서 애를 쓰고 있었다.

여배우가 영어로 말했다. 눈을 감아요. 여배우가 가운을 헤치고 능수능란한 동작으로 남자 몸의 예민한 곳을 짚으며 신음을 올렸다. 여자의 손길은 놀라워 호주 남자의 하체는 금세 팽팽해졌다. 여배우는 남자의 그곳을 손으로 꼭 쥐어 격려하고는 아오이 츠카사에게 보냈다. 연철을 비롯한 나머지 남자는 식당에서 샐러드와 스테이크를 서빙하듯 모두가 보는 앞에서 자연스레 처리해내는 여배우를 놀란 눈으로 쳐다보았다. 대기실 문이 열리고 매니저가 신호를 보내자 두 번째인 중국 남자가 여자의 손에 맡겨졌다.

연철은 일곱 번째로 아오이 츠카사를 만났다. 스튜디오의 온도는 쾌적했으나 그녀의 이마에 땀이 조금 밴 것도 같았다. 아오이 츠카사는 연철이 수백, 수천 번을 음미했던 자세 그대로 엉덩이를 높이 든 채 그를 보고 쌩긋 웃었다. 그녀의 뒷모습이 환히 펼쳐졌다. 연철이 화면에서 늘 모자이크 처리가 된 모습으로 본 그녀의 깊은 곳이 실제의 모습으로 뚜렷했다. 연철은 외쳤다. 아오이 츠카사! 사랑해! 닳고 닳아 낡아빠진 표현이었지만 더 적당한 말을 찾을 방법이 없었다. 육체의 한 곳과 또 다른 육체의 한 부분만이 접촉하는 짧은 순간을 가리키는 말로도 적절하지 않은 언어를 연철은 외마디 비명으로 내뱉고 아오이 츠카사의 그곳으로 나아갔다. 시청자가 지적한 농익지 않았다고 말하는 아오이 츠카사의 신음이 그의 귀에 들렸다. 더 더 더, 또는 대단해, 대단해, 또는 미치겠어 따위의 원초적인 단어들과 섞인 신음이었다. 하지만 연철은 다소 풋풋한 그녀의 교성이 좋았다. 번쩍대며 터지는 카메라의 플래시가 아득하게 먼 곳에서 울리는 북소리처럼 들렸다. 연철의 몸이 그녀와 연결된 냄새와 소리를 모두 받아들이도록 활짝 열렸다. 뻘겋게 단 혈액이 그의 몸에 마구 흘렀다. 누군가가 그의 귀에 대고 뭐라고 말했으나 그의 귀에는 아무것도 들리지 않았다. 그의 양손은 아오이 츠카사의 탐스런 엉덩이를 놓칠 수 없다는 듯이 꽉 쥐고 있었다. 뒤에서 그의 양옆 겨드랑이에 손을 넣어 그를 살며시 빼내었다. 그의 엉덩이는 허공에 들린 채로 앞뒤로 격렬하게 움직이고 있었다. 아오이 츠카사가 가쁜 숨을 몰아쉬며 눈짓으로 그를 배웅했다. 37살 한국의 총각 연철의 첫 경험이었다. 아오이 츠카사에게서 돌아온 남자들의 욕망을 견습 여배우가 손과 입으로 해소시켜주었다. 남자들은 욕망을 풀어내자 몸에 묶은 폭탄을 풀어낸 개운한 얼굴로 돌아갔다. 남자들은 대기실 옆에 붙은 샤워실에서 살

갖에 붙은 욕망의 껍질을 씻어내었다. 연철은 여배우의 도움을 거절했다. 그는 아오이 츠카사와 접촉한 몸 그대로 한국으로 돌아갈 생각이었다.

현서 : (황홀한 얼굴이다. 입술을 벌리고 눈을 가늘게 뜨고 있다.) 더 더 말해줘요. 모두가 듣도록.

아오이 츠카사의 매니저가 연철을 찾았다. 대기실에서 츠카사 님이 보자고 합니다. 아오이 츠카사의 대기실에는 옷과 화장을 담당하는 두 명의 여자가 더 있었으나 자리를 비켜주었다. 아오이 츠카사가 연철에게 커피를 권했다. 아오이 츠카사가 커피를 마시며 연철에게 한 얘기를 정확하게 옮기기는 힘들다. 하여튼 공손하고 부드러운 그녀의 말을 맞춰보면 이런 뜻이었다. 연철 님께서 먼 길을 마다하지 않고 와주어서 감사하다. 저의 데뷔 작품부터 지금까지 팬이었고 제 작품을 모두 소장하고 계시다니 몸 둘 바를 모르겠다. 이런 고마움을 어떻게 표현해야 할지 고민이 되었다. 잠시라도 저는 당신과 이 자리에서 개인적인 만남을 가졌으면 좋겠다. 조금 전의 만남이 홍보를 위해서였다면 지금 이 자리는 제가 한 여자로서 당신과 관계하는 자리가 될 것이다.

연철이 놀라 되물었다.

츠카사 당신이 나를 원한다고요?

츠카사가 네 하고 말했다. 얼굴은 여전히 밝고 수줍은 웃음을 띠고 있었다. 아오이 츠카사는 연철의 손을 당겨서 자신의 가슴으로 가져갔다. 가죽 소파에 누운 그녀는 나이트가운 아래에 검은색 브래지어와 팬티를 입고 있었다. 연철은 그녀의 손길을 따라 브래지어를 끌러냈다. 연철의 손이 떨려 브래지어를 끄르지 못하자 아오이 츠카사가 손을 돌려서 풀었다. 아오이 츠카사가 은근히 얼굴을 숫기 많은 연철의 입술로 가져갔다. 연철은 아오이 츠카사의 입술을 처음에는 조심스럽게, 다음에는 애원하는 듯, 마지막에는 열정을 담아 탐스럽게 빨았다. 그녀의 오른손이 연철의 등골을 따라 엉덩이로 내려가서 걸쳐졌다. 왼손은 연철의 목을 안타까운 듯이 붙잡았다. 연철의 입술이 아오이 츠카사의 도톰한 입술에서 목선을 따라 가슴께에 이르자 아오이 츠카사의 신음이 울렸다. 그건 연철이 발매번호가 매겨진 그녀의 DVD 작품 속에서 수없이 보고 들었던 신음과 색채가 달랐다. 이건 날것 그대로의 원색이었다. 고독을 씻어내는 처절한 신음이었다. 그는 그렇게 믿었다. 그는 자신의 하체가 기쁨에 차올라 단단하게 변한 것을 느꼈다. 아오이 츠카사가 몸을 비틀며 목을 울리며 내는 소리가 귀에 들렸다. 대단해……. 너무 좋아……. 미칠 것 같아……. 내 몸이 녹고 있어……. 연철은 그 소리가 진심이라 믿었다.

연철의 손이 아오이 츠카사의 하체에 닿자 그녀는 팬티를 내리도록 엉덩이를 살짝 들었다. 그녀가 왼손을 내밀어 연철의 손을 잡았다. 연철은 아오이 츠카사의 눈을 들여다보았다. 아오이 츠카사의 눈은 그녀의 하체만큼이나 깊고 깊었다. 연철은 심해로 끝없는 깊이로 내려가 빛도 소리도 없는 고요 속으로 가라앉았다.

그 고요 속에서 고시원의 여자가 희끄무레하게 나타났다. 긴 머리가 젖은 채로 울음을 터뜨렸다. 자신의 몸속에 배인 원천적 고독감이 발작하는 것이다. 연철은 절정의 순간에 찾아온 그녀가 짜증스러웠다. 여자가 그곳에 서 있는 것이 거북해서 화난 얼굴로 외면했다. 그녀는 우두커니 연철을 지켜보다가 귀를 틀어막고는 뒤돌아서서 사라졌다. 여자의 그림자가 길게 바닥에 깔려서는 마침내 없어졌다. 아오이 츠카사의 하체가 떨기 시작했다. 연철은 아오이 츠카사의 떨림에 맞춰 몸을 떨었다. 떨림은 강하게 퍼져나가 마침내 더 퍼져나가지 못하자 아련한 메아리로 오그라들어 돌아왔다. 아오이 츠카사가 참고 참았던 신음을 길게 토해내었다. 연철은 온몸의 떨림 속에서 깊은 어둠으로 빨려서 사라지고 있었다. 한국의 서른일곱 총각 연철의 두 번째 육체경험이었다. 그것은 극심한 슬픔 같은 것이었다.

마론

화면은 낙원을 향해 달려가는 버스와
노인들의 미소로 가득 찼다.
버스에 탄 노인 중에 몇 명이 낙원으로 들어갈지,
선택받지 못한 사람들이 어떻게 처리되는지는
화면에서 보여주지 않았다.

그날의 아침이었다. M은 몸을 두 번 씻었다. 발은 한 점 더러움이 없도록 꼼꼼하게 비누를 칠했다. 마론 앞에는 맨발로 서야 하기 때문이었다. 어제 아침부터 먹지 않았지만 배가 고프거나 기력이 달리지는 않았다. 몸은 본능적으로 오늘 닥칠 일을 대비하고 있었다. 어젯밤 10시를 넘어서는 물도 마시지 않았다. 흰 옷으로 온몸을 감싸고 머리칼을 감추는 흰 두건을 썼다. 72세를 맞은 날의 아침, 마론 앞에 서는 복장과 자세에 대한 자세한 지침이 내려져 있었다. M은 복장이 잘못되지 않았는지 다시 챙겨보았다.

마론 앞에 서기 전에 교육을 받아야 했다. M은 71세가 되는 날부터 세 번의 교육을 받았다. 처음 두 번은 시청의 대회의실이었고 마지막 세 번째는 한 달 전의 특별 교육장이었다. 마지막 교육을 받으면서 M의 신분증과 보험증을 비롯한 모든 증서에 한 달 후에 닥칠 심판의 날짜가 입력되었다. 그 심판 날에 M은 다른 교육생들과 함께 일반인들은 갈 수 없는 마론의 성으로 가서 마론의 심판을 받게 된다. 거기서 마론의 선택을 받으면 안락하고 평화로운 노후가 기다리는 마을로 옮겨져 모든 혜택을 누릴 수 있다. 반대로 탈락하는 자들은 실패자의 코스로 옮겨지는데 그것은 노인 인구가 늘어난 시대에 맞게 어쩔 수 없이 당해야 되는 불쾌한 정리 코스다. 따라서 마론의 선택을 받는다는 것은 한 인간이 살아온 전 과정을 국가가 인정한다는 것이며 본인은 물론 자식들도 큰 영광으로 여겼다. 마지막 교육을 함께 받은 사람은 서른 명 남짓 되었다. 모두 남자들이었고 여자는 다른 장소에 모였다. 교육장의 큰 유리창 밖으로 잘 가꿔진 꽃밭이 보였다. 강사가 햇살이 내리쬐는 꽃밭을 가리키며 마론의 찬가를 불렀다.

해보다 밝게, 해보다 더 넓게
그분은 모두를 꿰뚫어 살피니
나 그분 앞에 숨길 것 없어라

교육생들도 강사를 따라 찬가를 불렀다. 교육생들이 이미 알고 있는 찬가였지만 이제 그분 앞에 서야 할 날이 30일밖에 남지 않자 찬가의 뜻이 무겁게 다가왔다. 교육생들 중 몇몇은

잠을 자지 못하고 음식을 제대로 먹지 못했는지 초췌한 얼굴이었고, 몇은 밝은 얼굴이었는데 그중 마론의 선택을 확신하는 한 사람은 얼굴에 광채까지 돌았다.

강사가 자리에 앉은 순서에 따라 교육생에게 재산과 상속을 처리했는지 그리고 주변 정리를 어떻게 하고 있는지 물었다. 대부분은 재산을 자식들과 복지단체에게 이미 넘겼다. 교육생들이 일 년 전에 받은 지침에는 사회복지단체에 재산의 15퍼센트를 넘길 것을 권장하고 있었다. 하지만 마론의 심판을 불과 한 달 앞에 둔 교육생들은 그보다 많은 금액을 가난하고 어려움에 처한 사람들의 급식과 의료와 주거를 개선하는 단체에 기꺼이 내놓았다. 그러나 만물을 꿰뚫어보는 마론이 심판의 날 한 달 전에 행동하는 속셈을 모를 리가 없었다. M은 그래서 권고받은 대로 15퍼센트의 재산을 복지단체에 기부했고 나머지는 두 명의 자식에게 공평하게 나눠주었다. 마론의 심판이 끝난 후에 M이 어디로 가든 자식들에게 신세를 질 일은 생기지 않을 것이다. 마론의 등장을 가장 반긴 곳은 정부의 복지부서인지도 모른다. 복지부서는 마론의 심판에 앞서 기부받는 엄청난 재산으로 국민들에게 70대 초반까지의 먹고사는 문제를 부드럽게 해결해냈다.

교육생 중 한 명이 강사에게 초조하게 물었다. 마론에게 선택받는 사람이 다섯 명 중의 하나 꼴이라고 하는데 맞는가요? 강사는 수백 번도 더 들었을 질문에 짜증 없이 차분하게 설명했다. 마론이 몇 명을 선택하고 몇 명을 버릴지는 누구도 모릅니다. 만약 열 명이 기준에 모두 들었다면 열 명을 다 선택할 것이고, 기준에 든 사람이 없다면 열 사람 모두 내칠 것입니다. 선택받는 비율은 정해져 있지 않아요. 질문을 한 교육생은 성에 차지 않은 얼굴이었다. 교육생 모두는 천 번을 물어도 똑같은 답변이 돌아온다는 것을 알고 있었다. 모두들 자신이 선택되기를 기대했으나 마론이 누구를 선택할지는 도저히 짐작할 수가 없었다. 마론이 선택하는 잣대인 선행과 우애와 자선과 헌신 같은 단어가 교육 지침에 기재되어 있지만 그 추상적인 아름다운 말들이 머지않아 마론의 심판대에 오를 교육생들의 불안에 찬 갈증을 달래줄 수는 없었다.

질문을 했던 교육생이 휴식 시간에 M에게 물었다. 마론이 선한 행동에 정말 보상을 해줄까요? M이 자신은 선택받아 마땅하다는 확신과 누구도 그 결과를 예측할 수 없는 미래 사이에 끼여 까맣게 타버린 얼굴을 들여다보았다. 마론 앞에 서야만 하는 날이 가까워질수록 심판을 받는 사람들의 머리를 깊게 파고드는 질문이었다. M이 말했다. 우리는 모두 그렇게 알고 있지요. 그렇게 될 것이고 그렇게 되어야만 합니다. M의 말은 어딘지 마론의 위대성을 믿지 못하는 여지를 남겨두어 교육생은 놀란 얼굴이었다. M은 마론의 결정에 흠이 있기를, 모두를 꿰뚫어본다는 그의 예지력과 판단력과 정보력에 어딘가 구멍이 나 있기를 바랐다. 전해지는 위대한 마론의 결정이

맞다면 자신의 운명은 이미 결정되어 돌이킬 수 없기 때문이었다.

그때 자신을 N으로 소개한 남자가 끼어들었다. 그는 대심판관 마론의 심판을 한마디로 부정했다. 다 쇼야. 위대한 심판이 아니라 위대한 쇼라니까. M과 교육생은 화들짝 놀라 N을 쳐다보았다. N은 배가 나온 몸에 큰 귀와 긴 팔을 지녔고 팔이 털로 덮여 먼 나라에 산다는 유인원을 닮았다. N은 불경죄에 걸리는 말을 태연히 내뱉고는 그 말의 반응을 즐기고 있었다. 교육생은 그 말을 듣기만 했음에도 벌써 자신이 선택당할 희망을 N이 차버리기라도 한 것처럼 새파랗게 질려 자리를 떠났다. N이 그 자리에 가만히 있는 M을 향해 간이 크군 하는 얼굴로 어깨를 으쓱 올렸다. M이 N의 양 팔뚝에 새긴, 꿈틀대며 팔뚝을 벗어나 하늘로 날아가려는 용 문신을 보며 말했다. 설마 그 말을 믿는 것은 아니겠지요. 마론의 선택에서 벗어나기에 충분한 범죄를 저지른 자들도 마론의 심판장에 설 권리는 갖고 있었다. 그것은 법이 보장한 권리였다. 국민투표에서 거의 만장일치로 「대심판관 마론의 법」이 통과될 때 쟁점이 된 조항이었다. 살인과 강도와 사기와 폭행을 저지른 자들도 자비롭고 자애로운 마론의 심판에서 구제될 일말의 가능성이 남아 있었고 그 가능성을 믿는 범죄인들 중에서 개과천선하여 성인에 가까운 우러러볼 삶을 생의 마지막에 사는 사람들도 있었다. 그런 삶을 사는 사람들은 학교와 모임과 종교 행사에서 마론의 심판이 죽어가는 나를 이미 구원했다며 가슴을 손으로 두드리며 열변을 토하곤 했다.

N은 마론의 심판장까지 나아갈 가치가 없는 이미 선택을 포기해버린 소수의 범죄자에 속할까? 그들의 마지막 며칠은 광란과 음란과 폭음으로 가득 찼으나 당국이 그런 최악의 부류에 대해서는 사전 구금이라는 적절한 처방을 내렸다. N은 M의 그런 생각을 잘 알고 있는 것처럼 팔뚝을 들어 올리며 말했다. 내 범죄 기록은 흰 눈처럼 깨끗해. M이 말했다. 그럼 이 말도 마론이 다 듣고 있다는 것을 감안해야지. 심판이 며칠 앞인데. N이 말했다. 들으라면 들으라지. 어차피 헛소동이야.

M은 고개를 들어 주위를 둘러보았다. 교육장의 천장과 벽 곳곳에 감시카메라가 돌아가고 있었다. 마론이 장악한 감시카메라는 무한에 가까운 얼굴과 목소리와 홍채 인식 능력을 보유하고 있었다. 홍채의 무늬와 망막 혈관의 형태를 처리한 데이터와 얼굴과 걸음걸이와 몸매와 행동으로 누구인지를 모두 알아내었다. 마론은 그 방대한 데이터와 분석 능력으로 식별번호를 부여한 한 인간의 움직임과 동선을 모두 만들었다. 우리가 병원과 학교와 직장과 경기장과 술집에 가는 곳곳에 깔린, 거리와 건물을 모두 뒤덮은, 심지어 높은 산의 등산로와 강과 바다의 유람선과 부두에 이르기까지 마론의 눈은 빈틈이 없었다. 마론은 우리가 다닌 병원의 진료 기록과

사용한 신용카드, 스마트폰과 은행의 기록, 온갖 서류와 행정관청이 보유한 개인 정보 모두에 연결되어 있었다. 우리의 행동은 번호와 글자가 합쳐진 낱낱의 부호로 분류되어 마론의 몸으로 흘러들어 갔다. 그는 정밀하고 촘촘한 빅데이터의 제왕이었다. 마론의 빅데이터는 모래 한 알도 빠져나갈 빈틈이라고는 없었다. M은 그 빅데이터에 들어 있는 작고도 작은 모래알 반쪽에 불과했다. N이 교육장의 자기 자리로 돌아가며 말했다. 심판의 날에 봅시다.

오늘이 마침내 닥친 심판의 날 아침이었다. M이 흰옷을 입고 허리에 검은 띠를 두르고 슬리퍼를 신은 자세로 아파트의 엘리베이터를 타자 승객 사이에 무거운 침묵이 감돌았다. 중학생이 M에게 말했다. 마론의 축복이 있기를. 그 말을 따라 승객 모두가 합창을 하듯 말했다. 마론의 축복이 있기를. 심판의 날에 출두하는 노인을 만나는 사람은 모두 축복의 말을 건네야만 했다. M이 그 말을 받았다. 마론의 자비가 있기를.

M이 흰색에 검은 줄이 두 개 그어진 버스에 올라타자 담당 요원이 버스에 붙은 감식기를 가리켰다. 두건을 내리고 열 손가락 지문을 찍고 얼굴과 홍채를 다시 찍었다. 요원이 감식기와 연결된 컴퓨터에서 받은 M의 생체정보가 든 손목시계를 왼쪽 팔목에 채우고 능숙하게 안전 고리를 걸고는 끝의 스위치를 딸칵 소리가 날 때까지 잠갔다. 전용 기계를 써야만 풀리는 시계는 까만 화면이었다. M은 심판이 끝날 때까지 자신과 함

께할 시계의 화면을 들여다보았다. 한 사람이 나직이 노래를 불렀다.

오 위대한 마론이여
그대 앞에 나의 선과 악을 숨김없이 펼치니
자비를 베풀어 다음 삶을 내주시기를

72세 노인 23명과 요원 2명, 모두 25명이 탄 버스는 마론의 심판장을 향해 달렸다. 검은 창 밖으로는 아무것도 보이지 않았다. 그는 뒷좌석에 앉은 N을 보았다. 두 시간이 지나면 마론의 심판을 받는다는 무거운 분위기가 버스를 짓눌러 모두가 침묵에 빠져 있었다.

버스의 천장에서 화면이 내려와 마론의 역사와 심판장에서 지켜야 할 사항을 보여주기 시작했다. 모두 알고 있는 내용이지만 72세의 탑승 노인들에게 곧 닥칠 일임을 생각하자 장면 하나하나가 깊게 다가왔다.

마론은 17년 전 시민의 평균수명이 처음으로 92세로 잡히던 그해의 대기근으로 탄생했다. 매년 늘어나던 평균수명은 23년 전 노화 진행을 늦추는 신약이 개발되면서 급속도로 늘어났다. 노인들의 몸에서 세포를 복제할 때 생기는 결함을 줄여주는 신약은 수요가 폭발하면서 가격이 빠르게 내려갔다. 언론은 장생을 과학의 축복이자 자연이 그은 한계를 인간이 넘어선 상징으로 대대적으로 보도했다. 노인들의 불로장생을 권하는 광고는 도시의 곳곳을 파고들어 눈을 돌리면 어디서나 시선을 사로잡았다. 평균수명이 한 해가 다르게 늘어나고 장례식장이 적자에 허덕이면서 정부는 늘어나는 연금과 보건비용으로 골머리를 앓았다. 그것은 인간의 욕망에 따른 비극의 시작에 불과했다. 아메리카와 호주 그리고 중국의 곡창지대를 동시에 덮친, 밀과 옥수수의 잎과 뿌리를 말리는 블랙루츠라는 질병은 몇 년 동안이나 수확량을 오분의 일로 줄여 인류의 생존을 쥔 산업이 농업임을 모두에게 각인시켰다. 사람들은 비싸질 대로 비싸진 곡물을 사기 위해 재산을 내다 팔았고 구매 순위에서 밀려나 버린 공산품을 생산하는 공장들은 줄줄이 문을 닫았다. 식량 부족 사태가 오래 가면서 나라의 경제와 보건 시스템이 동시에 무너졌고 풍요로웠던 시절에 당연시되었던 모든 가치와 삶이 뒤집히기 시작했다.

버스의 화면은 아메리카의 대평원을 보여주고 있었다. 바이러스가 퍼진 옥수수 밭을 통째로 태우는 연기가 하늘을 새까맣게 덮었다. 드론에 장착된 카메라는 시커먼 하늘을 불길하게 맴도는 까마귀를 비추고는 천천히 땅으로 내려와서 검은 점이 박히고 말라비틀어진 밀을 클로즈업했다. 밀밭에는 낙담한 농부들이 소각 준비를 마친 정부 요원들을 바라보고 있었다. 카메라는 잠시 후 대평원의 밀밭을 삼키는 거대한 불길을 침울하게 비추고는 중국과 호주와 아르헨티나에서도 똑같은 참사가 일어났다는 자막을 띄웠다. 비행기와 선박을 통해 퍼졌다가 잠복기를 거쳐 동시에 기세를 올린 바이러스 질병이 벼를 비켜간 것은 그나마 다행이었다. 카메라는 동남아와 중국의 누렇게 일렁이는 논을 보여주면서 희망의 불씨가 완전히 꺼지지는 않았음을 보여주었다. 그러고는 바로 식량창고를 습격하는 무리들이 이어졌다. 부두의 식량 창고를 공격하는 무리를 향해 군대가 사정없이 발포하여 죽어 넘어지고 피가 흐르는 장면이 전쟁 영화의 한 장면처럼 지나가고 폭동과 약탈로 유리창이 깨지고 형편없이 망가진 도시의 상점들이 나타났다. 아무도 손을 대지 않은 명품 가게와 전자제품 대리점 옆으로 약탈당한 빵 가게와 식료품점의 문이 부서지고 짓밟힌 물건들이 거리로 버려진 몰골이 보였다. 눈이 퀭하고 갈비뼈가 드러난 데다 튀어나온 뼈마디가 걷기라도 하면 덜그럭거리기라도 할 것 같은 어린애의 모습이 이어졌다.

몇 년에 걸친 기근으로 사회는 50년 전으로 후퇴하고 말았다. 인구가 절반으로 주는 참사를 겪은 후에 70세 이상 노인들의 생존율이 나라의 미래를 짊어질 젊은 세대보다 높았다는 의미 있는 사실이 밝혀졌다. 염치없고 탐욕스런 노인들을 향한 비난이 쏟아졌고, 또다시 언제 작물 바이러스가 번질지 모른다는 공포가 사회를 뒤덮으면서 정부가 새로운 법을 발의했다. 알래스카의 이누이트 족의 노인들은 겨울에 보관한 식량이 떨어지거나 모자라면 스스로 옷을 벗고 눈보라가 치는 밖으로 걸어 나가 죽음을 택한다는 인류학적 근거를 들어 「겨울 노인법」으로 이름 지어진 법이 의회에 제출되자 여론이 전폭적으로 지지를 보냈다. 정부는 여론을 모아 「겨울 노인법」을 보완한 새로운 법인 「대심판관 마론의 법」을 만들었고 내세의 심판과 천국을 믿는 종교 세력들의 열렬한 캠페인이 합쳐져서 마침내 마론이 탄생되었다.

버스의 화면은 「마론의 법」을 찬성하는 국민투표의 긴 행렬을 보여주고 의회에서 만장일치로 법이 통과되면서 기뻐하는 어린 자녀를 둔 부모들의 환한 표정을 비춰주었다. 72세 이상의 노인들은 사건 당사자라는 이유로 「마론의 법」에 투표할 권리를 박탈당해 항의 시위를 벌이는 모습은 화면에 나오지 않았다.

이어서 화면에는 마론의 심판을 받기 위해 심판장으로 들어서는 흰옷의 행렬이 나오고 마론의 선택을 받은 선인들이 지내는 호수와 나무가 가득한 커다란 마을이 나타났다. 그곳은 노인들의 유토피아였다. 가지가 잘 뻗은 키 높은 나무 사이로 푸른 잔디밭이 펼쳐졌고 맑은 물이 흐르는 개울이 공원을 가로질렀다. 나무가 그늘을 드리운 공원의 벤치와 의자에 앉은 노인들이 바둑이나 카드 게임을 하거나 편안한 운동을 하고 있었다. 벤치에 앉아 책을 옆에 놓고 아무 걱정 없이 조는 노인의 모습이 선택받은 자들의 기름진 땅을 보여주고 있었다. 작은 호수에는 남녀 노인들이 어울려 보트를 타고 있었고 요트의 선착장에 자리한 식당의 야외 바비큐 장에서 새우와 신선한 고기를 굽는 연기가 피어오르고 있었다. 선행과 애국과 봉사로 가득 찬 그들의 삶의 마지막을 보내기에 알맞은 곳이었다.

버스에 탄 노인들 모두는 저 낙원을 향해 가고 있는 것이었다. 화면은 낙원을 향해 달려가는 버스와 노인들의 미소로 가득 찼다. 버스에 탄 노인 중에 몇 명이 낙원으로 들어갈지, 선택받지 못한 사람들이 어떻게 처리되는지는 화면에서 보여주지 않았다. 화면에서 걷고 있는 노인의 미소가 옅어지자 옆에 앉은 N이 M에게 말했다. 모두 쇼야.

M이 말했다.

모두 쇼라니. 엉터리 소리 그만해. 「마론의 법」에 따르면 일정 비율의 노인을 반드시 선택해서…….

법이 쓸모가 다 된 노인들 편일까? 법은 늘 가진 자와 권력의 편이었지.

심판장에 들어가는 노인들에는 가진 자와 권력자도 들어있지.

그 부자들도 선행의 무게로 저울을 달까. 그럼 몇 명이나 남겠어. 뭔가 협잡이 있을 거야.

M이 불경한 말을 함부로 내뱉는 N에게 주의를 환기시켰다. 당신은 선택받지 못해. 이 버스도 마론의 손에 들어 있으니까.

N이 킬킬 웃었다. 그러는 너는. 당신도 선택에서 떨어질 짐

을 지고 있는 것 같은데. 하지만 걱정할 것 없어. 낙원이 있는지 알 게 뭐야. 바깥세상의 아무도 낙원을 취재하지 못했어. 낙원이 그저 화면에만 살아 있는 가짜인지 누가 알겠어.

당신은 불신으로 똘똘 뭉쳤군.

N이 시계를 찬 손목을 들어 올리며 대답했다. 우리에게 싸구려 시계나 채워주고 몽땅 시체 매립장으로 처넣을걸. 하하.

바깥 세상에 사는 사람들은 마론이 선택한 노인들이 사는 '마론의 성'에 아무도 들어가지 못했다. 이상한 일이었다. 선택된 노인들의 자식들조차 관리를 위해서라는 이유로 영상통화와 화면으로만 그들의 행복한 삶을 듣고 볼 수 있을 따름이었다. 대심판장 뒤에 붙은 '마론의 성'은 소도시가 여럿이었고 노인들이 살 충분한 넓이였다. M을 포함한 시민들은 '마론의 성'이 어떻게 운영되는지, 그들에게 식량은 어떻게 공급되고 병원과 운동시설과 취미생활을 어떻게 즐기는지 자세하게 알고 있었다. '마론의 성'에 관한 긍정적인 정보가 너무 넘쳐서 오히려 기억이 안 될 지경이었다. 그래서 '마론의 성'이 존재하지 않는 허구란 생각은 한 번도 해본 적이 없었다.

그러나 마론의 성이 존재하든 하지 않든 M에게는 상관이 없는 일이었다. M은 자신이 선택되지 못하리라는 것을 알았다. 선행과 봉사와 책임감이 모자라서 그런 것이 아니라 그가 쌓아온 점수를 무너뜨린 결정적인 잘못을 저질렀기 때문이었다.

M은 15년 전 밤에 도시 외곽의 도로를 달리고 있었다. 그곳은 터널을 지나서 다음 터널이 나타날 때까지 야산의 자락을 질러가는 변두리로 차량이 그다지 다니지 않는 길이었다. 그 도로에서 웬 여자가 차를 태워달라고 하자 M은 깜짝 놀랐다. 비가 내렸고 주위는 뿌연 공기로 흐릿했다. 밤이 늦어 지나다니는 차량이 거의 없었다. 여자가 어떤 사정으로 그곳에서 차를 얻어 타게 되었는지는 몰랐으나 미니스커트에 민소매 상의였고 비에 젖어 몸매가 훤히 드러났다. 여자는 M의 옆자리에 올라탔고 허벅지를 깊숙하게 내보였다.

M이 몇 번 눈길을 주자 여자가 돈을 먼저 요구했다. 차는 얼마를 더 달려 길가에 섰고 불을 모두 꺼버렸다. M은 그날을 돌이키면 인간은 과연 자기 자신을 얼마나 알고 있는지 의문스러웠다. 갑자기 치밀어 오른 욕구에 M은 정신을 차릴 수가 없었다. 그로서도 생각지 못한 일이라서 그는 자신의 몸에 다른 사람의 정신이 얹힌 것 아닐까 의심스러웠다. M이 여자의 허벅지를 만지자 여자는 뿌리치지 않고 돈 먼저, 라는 말을 되풀이했다. 지갑을 찾고 흥정을 하는 불과 몇십 초를 참을 여유도 없이 M은 여자에게 달려들었다. 여자가 화난 목소리로 돈을 외치며 M을 밀쳤다. M은 하체가 뻣뻣하게 선 느낌에 전율을 느끼며 거칠게 미니스커트를 걷어 올렸다. 여자가 저항하면서 M을 때리고 얼굴에 상처를 내자 M이 치밀어 오르는 화에 여자를 후려치고 목을 졸랐다. 잠깐만 목을 졸라 여자를 제

압하고 자신의 뜻대로 할 생각이었던 것 같았다. 그러나 그런 생각들조차도 뒤죽박죽으로 섞여 뭔지를 모를 덩어리로 변했고 자신의 손아귀 힘이 얼마나 강한지도 잊어먹었다. 어쨌든 짧은 순간이었고 M이 정신을 차리자 여자가 축 늘어져 있었다. 어쩌면 목을 잡아 쥐면서 목뼈를 부러뜨렸는지도 몰랐다. 여자가 죽었을까? M은 당황한 나머지 여자를 몇 번 흔들어 깨우고는 차문을 열어 여자를 풀밭으로 끌어내었다. 여름의 무성한 풀 냄새가 강렬하게 코를 찔렀다. M은 습기 찬 풀 냄새에 진저리를 치면서 여자를 질질 끌어 가슴까지 오는 풀밭 안으로 던져버렸다.

그러고는 정신없이 차를 몰아 집으로 들어왔다. M은 며칠 동안 곧 자신이 잡힐 것이라고 불안에 떨면서도 자수를 하지 못했다. 그날의 사건은 자신이 아닌 다른 사람이 저지른 것 같다는 생각이 들었고 그 생각은 점차로 확신처럼 자리 잡았다. 온 도시를 뒤덮은 감시카메라에 자신의 범죄가 들통난다고는 생각했었다. 터널과 터널 사이에 여러 개의 감시카메라가 있는 것을 평소 운전하면서 봤기 때문이었다. 감시카메라를 연결하는 케이블이 고장났을까? 경찰이 그를 찾지 않아 M은 멀쩡하게 회사를 다녔다. 그날 이후로 폭염이 계속되었다. M은 더위로 부패할 대로 부패해서 신원을 알 수 없으며 거의 백골로 변한 뼈를 터널 근처에서 찾았다는 뉴스를 찾았으나 기사는 어디에도 없었다. 혹시 여자가 살아난 것은 아닐까 생각했으나 그 사실 또한 확인할 방법이 없었다. 설령 여자가 살아 있어도 그건 중대한 범죄였다.

15년의 세월이 지났으나 M은 자신의 범죄를 마론은 알리라고 생각했다. 마론은 단지 최후의 심판장에서 심판을 내릴 뿐 세속의 사소한 사건 하나에까지 눈을 돌리지는 않을 뿐이었다. M은 자신의 손아귀에 화상처럼 남아 있는 여자의 목을 조른 촉감에 시달렸다. 꿈에 거대한 손이 지평선에서 붉은 구름과 함께 떠올라 여자의 목을 조르는 악몽에 시달렸다. 장면이 바뀌어 M은 자신의 썩어가는 하반신을 바라보고 있었다. 진물 흐르는 허벅지에서 기어 나온 구더기 무리들이 통통하고 윤기 나는 머리를 흔들며 가슴으로 올라왔다. M은 진저리를 치며 구더기를 털어내려고 몸부림쳤으나 몸이 어디에 결박이라도 되었는지 꼼짝도 하지 않았다. 같은 악몽은 반복되었고 M은 밤을 하얗게 새면서 마론이 그의 악몽까지 알고 있다고 확신했다. M은 마론 앞에서 선택을 갈구할 희망을 이미 오래전에 버렸다. 72세가 되는 날까지 교도소에서 썩지 않고 자유롭게 살아온 것만도 괜찮지 않을까.

버스가 심판장의 입구에 도착했다. 입구를 가로막은 거대한 청동문 옆의 담에 12대의 버스가 모여들어 들어갈 차례를 기다렸다. 10시 28분이 되자 버스들이 청동문 앞에 나란히 줄을 섰다. M의 일행은 다섯 번째 버스였다. 10시 30분 정각에 문이 열리자 오르막의 도로로 버스가 들어섰다. 길옆에는 청동 깃대에 꽂힌 흰색과 검은색의 깃발이 바람에 나부끼며 선택의 기쁨과 심판의 공포에 떠는 한 무리의 인간들을 맞았다. M이 찬 시계의 검은색 화면에 심판장 입장을 알리는 원이 나타났다. 누군가 버스에서 노래를 부르자 모두가 합창을 했다.

마론의 낮이여, 마론의 밤이여
어둠과 밝음을 주관하는 마론이여
우리를 암흑에서 건져 광명으로 인도하기를

노래는 장중하게 이어지다가 다음 합창으로 넘어갔다. M은 입을 다문 N을 쳐다보면서 크게 노래를 불렀다. 누군가가 '마론을 향한 고백'을 소리 높여 외웠다.

그대 앞에 서오니 내 허물을 탓하소서
그대 앞에 무릎 꿇으니 나의 과거를 심판하소서
그대 앞에 엎드리니 나의 오만을 밟으소서
그대의 억센 손으로 내 죄를 벗기시고
그대의 밝은 눈으로 악을 씻어주소서
나는 그대의 종, 그대의 팔이 던지는 곳이 나의 터
부디 자비를 베푸소서

버스의 무리가 빨리 또는 느리게 '마론을 향한 고백'을 암송하면서 고백은 뜻을 알기 어려운 외침처럼 변했다가 운이 떨어지는 거대한 돌림노래로 변하기도 했다. M의 앞에 앉은 흰 옷의 노인이 팔을 높이 들고 박자에 몸을 흔들면서 고백을 울부짖었다. 노인이 상처 입은 맹수의 으르릉거림으로 고백을 외치자 노인들의 음성이 같이 높아지면서 몰입한 자들의 의미 없는 거대한 외침으로 버스를 울렸다.

버스가 마론의 심판장을 둘러 흐르는 강의 절벽에 서자 심판장으로 향하는 다리가 그들을 기다렸다. 강은 주변의 지반을 오랫동안 깎아서 말발굽 형태로 절벽의 밑을 흘렀고 심판장을 반 바퀴 돌면서 흘러나갔다. 마론의 심판장 앞은 강이 둘러쌌고 뒤쪽으로는 담으로 둘러싸인 넓은 평지가 펼쳐졌으며 한참을 가면 경사가 급하고 뾰족 솟은 돌산이 몸을 드러내었다. 그 평지에 선택받은 노인의 낙원이 들어서 있었다. 이곳은 예전에 외부 사람이 들어가기 어려운 곳으로, 세상을 등지거나 세상과 어울리지 못하는 사람들의 안식처였다.

강 앞에 선 노인들은 아직 강 건너 벽으로 둘러싸인 마론의 심판장과 낙원을 볼 수 없었다. 노인들은 한 줄로 서서 강의 맞은편으로 이어진 다리를 건넜다. 철로 제작된 다리는 바닥 몇 곳을 두꺼운 유리로 깔아 간간이 절벽의 소용돌이치는 강이 보이게끔 설치되었다. 차분히 다리를 지나던 노인들이 유리에 발을 올리면서 허공에 발이 떴다는 공포에 시달렸다. 노인들은 무릎을 구부리고 벌벌 떨면서 다리를 지나 마침내 심판장의 정문 앞으로 들어섰다.

양쪽에 세 마리의 개가 그려진 청동문이 열리자 요원들이 옆으로 비켜섰다. 이제부터는 심판자와 심판을 받는 자만의 공간이었다. 모두 신을 벗었다. 천장이 낮은 긴 복도에는 세 사람이 나란히 걸어서 들어가도록 검은 바탕에 세 개의 줄이 그어져 있었다. 천장은 어둡고 바닥 가장자리에서 빛이 올라와 희미하면서도 장중하게 복도를 밝혔다. 사람 한 명이 걸어갈 수 있는 안내 줄은 다소 어두운 속에서도 밝게 빛나 허공을 가로지르는 것만 같았다.

심판의 장소로 걷자 사람들은 마론에게 선택을 받지 못한, 저주를 받은 자들에게 떨어지는 형벌의 소문을 회상했는지 발걸음이 느려졌다. 당국이 그런 소문을 마론의 신성을 외치고 사회 통합을 무너뜨리는 악질 선동으로 보아 단속을 했으나 소문은 지하로 숨고 귓속말로 옮겨 다니면서 결코 멈추지를 않았다. 소문은 여러 가지였다. 마론이 선택되지 못한 인간을 죄질에 따라 다섯 등급으로 나눠서 달리 처벌한다는 소문이 돌았다. 그 소문에 따르면 1급의 죄인은 마취에 이은 독극물로 고통 없이 바로 죽이며, 2급의 경우는 마취 없는 독극물로 몇 시간의 공포와 고통을, 3급은 하루 동안 특별한 도구로 고통을 주고, 4급에게는 불과 도구로 1주일의 고통에, 마지막으로 5급은 한 달을 온갖 고통에 시달린 끝에 제발 죽여 달라는 요구가 터져 나올 즈음 도축용 컨베이어 벨트에 거꾸로 매달려 손가락부터 하나씩 절단된다는 것이었다.

그런 말도 안 되는 소리 그만해. 「마론의 법」에 따르면 심판에 들지 못해도 어떤 형벌도 받지 않는다고 규정되어 있으니까. 편안한 죽음이 기다릴 뿐이야. 그런 말을 들으면 누군가는 이렇게 반박했다. 심판장에서 그런 법을 누가 쓰겠어. 마론이 처벌을 하겠다면 또 누가 말릴 수 있겠느냐 말야. 그분은 심판장에 들어온 모두의 운명을 쥐고 있고, 일단 심판장에 들어가면 어디로도 빠져나갈 수 없고 그분의 처분에 따라야만 하니까.

또 다른 소문을 믿는 자들은 마론이 선택받지 못한 자들의 몇 몇을 우두머리로 뽑아 그들에게 나머지의 처분을 넘겨버린다고 말했다. 운수 좋은 사람들은 목이 매달리거나 독약이나 가스 중독 같은 행복한 죽음으로 끝이 나지만 재수가 사나운 사람들은 우두머리에게 채찍질을 당하거나 악질적인 사이코에게 걸려 처참한 운명을 맞이한다는 것이었다.

당국이 자비롭고 공정한 마론을 모독하는 이들을 찾으면 처벌을 했으나 심판의 날이 가까워져 귀가 얇아진 사람들은 그런 소문을 한 번씩은 들었고 몇 번은 친구들과 나누었다. 어둑한 복도에 밝게 떠오른 줄을 따라 심판의 장으로 움직이자 노인들의 머리에서 소문의 이미지들이 깨어나 그들을 휘어잡았다. 심판장으로 나아가는 사람들의 발걸음이 느려지고 불안하게 떨리기 시작했다. 그런 떨림이 앞에서부터 차례로 전염되었다. M의 옆에 서서 걷는 N이 말했다. 곧 첫 번째 계단이야. 이미 우리 정보가 다 들어왔을걸.

심판의 왕 마론의 지하에는 거대한 지하 서버실이 있었다. 옅은 초록의 리놀륨 바닥에 회색 벽 그리고 노란색 전선들이 깔린 저장 공간에서 줄지어 선 3미터 높이의 갈색 캐비닛 서버들은 열을 뿜으면서 심판을 받는 자들의 정보를 마지막 한 올까지 모아서 분석을 하고 있었다. 마론에게는 커다란 세 개의 광케이블이 연결되어 있었고 두 개는 국내에서 하나는 해외에서 들어온 정보들이었다. 얼굴과 홍채 인식 시스템이 방대한 감시 카메라와 연결되었다. 신용카드와 의료기록을 비롯한 스마트폰과 인터넷 정보가 심판을 받는 자의 생활 패턴과 행동을 매일 단위로 기록하고 있었다. 마론은 이 모두를 순식간에 처리해서 매일매일, 매 달, 매 년의 선과 악의 평가를 종합하여 심판을 내렸다. 여기서 심판을 구하는 자들은 모두 그렇게 알고 있었다. 오, 마론의 전능함을 찬양하라!

지하의 서버에서 올라와서 울리는 심판의 소리가 들리지는 않았다. 그러나 M의 귀에 웅웅대며 심판의 점수가 매겨지는 소리가 귀울음으로 진동했다. 계단을 한 칸 올라서자 통로가 더 좁아지면서 두 사람씩 줄을 지어 걷게 되었다. M이 찬 시계의 검은 화면에 두 개의 흰 줄이 나타났다. 어두컴컴한 통로에서 모두들 '마론의 찬가'를 높이 불러 장중했다. 앞으로 나아가는 사람들은 맨 앞줄의 선창에 따라 '마론을 향한 고백'을 낭송했다. M은 뭔가 야릇한 냄새를 맡았다. 앞에서 번져오는 냄새에 옆에서 같이 걷는 N이 말했다. 오줌을 싸는군. 오줌을 싸.

M의 앞줄 노인이 비틀대면서 걷고 있었다. 어둠에 익은 눈에 그가 입은 흰옷의 아래쪽이 젖어 있는 게 보였다. 노인은 두 손을 들고 무아지경에서 '고백'을 낭송하고 있어 그의 방뇨가 두려움에서인지 아니면 마론에게 심판을 받는 경외감과 황홀감에서인지 가리기가 어려웠다. 마론의 심판을 받는 사람이 두려움과 초조함에 싸여 있는 것만은 아니었다. 심판을 구하는 많은 자들이 달뜬 마음에 싸여 마론의 알현을 기다렸다. 절대자의 앞에 나아가 높고 높은 분의 심판에 몸을 통째로 맡기는 희열이 그들을 휘감아, 그들은 한 발 한 발 마론의 앞에 나아가면서 스스로 마론의 영광으로 녹아들어 가는 것이었다.

N이 M에게 속삭였다. 모두 속는 거야. 마론이 우리를 저울에 달아 심판한다고? 웃기는 소리. M은 마론의 심판 저울은 우리 선악의 깃털 하나, 티끌 한 점까지 무게를 단다고 들었다. M이 말했다. 그분이 우리 모두의 정보를 쥐고 있으니까. 그건 맞아. 하지만 그 정보로 심판을 하는 것이 아니야. 심판할 능력이 있지만 권능을 행사하지 않는 거지. 그럼 어떻게 선별한다는 말이야? 그냥 되는 대로 가려 뽑는 거야. 7명마다 하나, 아니면 19명마다 한 명씩 이런 꼴로 말이야. 말도 안 돼. 그

건 방탕하게 논 사람들이 퍼뜨리는 헛소문일 뿐이야. 그렇게 들려? 마론을 운영하는 코드 소스를 만든 사람에게 들었다니까. 마론을 코딩한다고, 그런 건 없어. 마론은 절대자야. 아니야. 마론이 왜 탄생되었는지를 돌아봐. 마론은 낙원에 들어가지 못할 노인들을 제거하기만 돼. 그러다 낙원에 빈자리가 나면 그 숫자만큼만 채워 넣으면 되는 거야. 어떤 놈이 들어오든지 상관없어. 마론의 관심은 72세가 된 노인을 대량으로 없애는 데 집중되어 있어. 선과 악을 평가한다는 건 선별에 반항하지 않도록 가리는 두꺼운 장막에 불과해.

M은 자신의 살인 범죄를 마론이 모른다는 것을 믿을 수 없었다. 마론이 알고서도 모른 척한다는 건 더더욱 믿을 수 없었다. 낙원에 들어간 사람들이 바깥의 가족과 연락을 하면 언론이 선별된 자들의 과거를 추적해냈다. 그들의 품행은 단정했고 봉사에 충실했고 늘 자선을 베풀었다. 그들이 흠 하나 없는 새하얀 구름은 아니었으나 방송 특집에 나오는 주변 사람들의 증언과 자료를 보면 낙원에 들어갈 자격은 충분했다. M도 낙원에 들어간 노인 두 명을 직접 알았다. 그 노인들의 주변 사람은 두 사람의 훌륭함을 자랑했다. 이제 숨겨서 뭐 하겠어 하며 그들의 잘못과 결점을 흉보기도 했다. 이웃들은 선택된 노인들이 비록 흠이 있기는 하지만 그들의 선과 악을 달아서 비교하면 낙원에 갈 사람으로 판정하리라고 말했다.

그러나 선별이 무차별하게 진행된다는 N의 말에 따르면 M에게도 선별될 가능성은 열려 있는 셈이었다. M은 어쩐지 그 말에 기대고 싶었다. 낙원에 뽑히기라도 하면 타인의 목숨을 빼앗은 피에 젖은 손을, 봉사로 희생으로 새하얗게 만들 것이다. M은 N의 말을 더 자세하게 듣고 싶었다. 그러나 그렇게 신성 모독의 말을 함부로 내뱉은 N도 세 번째 계단을 오르자 다가오는 심판의 압박에 눌렸는지 입을 다물었다.

손목의 시계에 흰 줄 하나가 그어지자 모두들 한 줄로 섰다. 마지막 계단이었다. 공포와 희열이 그들 집단을 동시에 파고들었다. 모두의 발걸음이 느려지면서 고개를 숙이고 눈을 내리깔았다. 마론을 쳐다보지 말지어다. 그의 불타는 눈이 경솔한 자의 심장을 꿰고 얼굴을 태워버릴 것이니, 겸허하게 몸을 낮추어라. 불경한 말을 함부로 내쏘던 N도 몸을 떨며 앞으로 나아가고 있었다. 앞의 사람이 하나씩 줄어들고 마침내 M은 밝고 트인 공간으로 나섰다. 시계의 액정이 하얗게 변했다. 밝고 흰 빛이 그를 덮어 그는 자신도 모르게 눈을 감았다. 그는 몇 걸음 나가면서 두렵게도 마론이 그의 범행을 알고 있는지 확인하고 싶었다. 마론이 어떤 형태로든 신호를 보내지 않을까? 그는 공포로 머리가 눌리면서도 감히 얼굴을 치켜들어 올려다보았다.

마론은 서른 계단쯤 위에 있었다. 은회색의 거인은 양손을 의자의 팔걸이에 올리고 푸른 눈으로 그를 바라보고 있었다.

티타늄 금속의 차가운 질감에 머리는 황금이었고 가슴 아래쪽으로 푸르스름한 색이 싸여 신비하면서도 공포에 찬 느낌이었다. 마론의 왼쪽과 오른쪽으로 검은색의 사자상이 차갑게 앉아 있었다. 마론은 엄숙하면서도 당장 자리에서 일어나 죄 지은 자를 안아주고 용서를 해주리라 싶은 자비로운 표정이었다. 거대한 기계가 지닌 특유의 아우라가 인자한 표정과 섞여 형언할 수 없는 압도감을 뿜어내었다. 팔걸이에 올린 거인 마론의 손은 죄인의 몸을 당장에라도 으스러뜨릴 힘을 쥐고 있었다. 커다란 산처럼 장중한 그분의 주위로는 아무런 장식도 없어 그는 스스로 존재하고 있었다. M은 마론의 푸른 눈과 정면으로 마주치면서 깊이를 알기 어려운 신비로 빨려 들어 갔다. 그의 전 생애와 그의 모든 행동과 모든 내면의 결심들을 한 시각에 마론이 파악했다. 마론에 연결된 수많은 서버와 광케이블과 전선과 컴퓨터들이 번쩍하며 M을 낱낱이 해부하고 영혼을 읽어냈다. 그의 정신은 순전한 알몸이었다. 마론 앞에 선 짧고 짧은 순간에 M은 마론이 입을 열어 그에게 천둥 같은 소리로 일러주는 말을 들은 것 같았다. 그는 마론 앞에 엎드려 그의 발에 입을 맞추고 '자비를!'이라고 외치고 싶었다. 마론의 푸른 눈이 그 생각마저 읽어내며 움직인 것 같아 M은 전율했다. 마론의 눈은 살아 있었다. M은 머리속이 새하얘지면서 자신도 모르게 다시 얼굴을 숙이고 오른쪽으로 돌아 나갔다. 마치 마론이 너의 심판이 끝났으니 나가거라 하고 그에게 지시하고 그가 따르는 것 같았다. 그가 마론 앞에 선 짧고도 짧은 시간이 길고도 길어 도저히 다다를 수 없는 먼 과거만 같았다. 그가 죄 사함을 받았는가? 몸이 가볍고 정신이 맑았으며 부활해서 깨끗하고 참된 삶을 새로 시작할 수 있을 것만 같았다.

M은 자신도 모르게 마론의 찬가를 소리 높여 낭송했다. 그는 오른쪽으로 걸어 나가면서 손목의 시계가 노란색으로 빛나자 저 앞의 노란색 보도가 빛나는 곳으로 나갔다. 발이 너무나 가벼워 그는 재빠르게 움직였다. 다른 곳에서 빨강의, 보라의, 초록의, 주황의, 파랑의 보도가 번쩍거렸고 모두들 그 위에서 마론을 소리 높여 찬미하고 있었다. 그들은 누구에게 떠밀리지도 않았고 강제로 끌려 나가지도 않았다. 자신의 두 발로 생생하게 선별의 결과를 향해 행진하고 있었다. 심판당한 자들은 희열에 들떠 그들이 지옥의 나락으로 떨어지든, 평안과 쾌락만이 넘치는 낙원으로 가든, 아무런 관심이 없어 보였다. 그들은 팔을 높이 들고 '마론의 찬가'와 '마론을 향한 고백'을 낭송하고 있었다.

그는 멀리서 빨강의 보도에 오른 N을 알아보았다. 그리고 주황의 벨트를 탄, 오줌을 싼 앞줄의 노인도 보았다. 방사형으로 뻗은 보도는 서로 멀어지면서 각자가 심판받은 곳으로 빠르게 달려갔다. M은 확신했다. 마론은 자신의 범죄를 몰랐다. 아니 그것은 불경스러운 말로 마론은 자신의 사악한 범죄를 알았으나 관대하게 용서를 한 것이다. 색색의 보도를 탄 모두들은 그렇게 용서받았다고 생각하며 빛나는 흰 얼굴로 심판이 집행되는 장소로 몰려가고 있었다.

오! 마론이여! 우리를 긍휼히 여기소서!

작가의 말

글로만 빽빽이 채운 신문과 페이스북을 본 적이 있는가? 어린 시절 누런 종이에 세로쓰기판 문고본을 읽으며 자란 장년층도 갑갑해 할 것이다. 젊은 세대는 바로 고개를 돌릴지도 모른다.

이는 당연한 반응이 아닐까? 인류는 구석기시대부터 몇십만 년 오랜 세월을 이미지로 사물을 보고 느낌을 정리했다. 구석기인이 그린 라스코와 쇼베 동굴벽화의 황소와 사자 이미지는 너무나 강렬해 현대인도 깊은 감동을 받는다. 인류가 문자를 발명한 건 고작 3천 년 정도며 보통 교육을 통해 대중이 문자를 해독하기 시작한 건 기껏해야 몇백 년에 불과하다. 인류는 이미지에 익숙한 동물이다. 그 이미지 시대가 다시 돌아왔다. 이제는 텔레비전과 영화에 더해 인스타그램과 유튜브가 대중의 눈과 귀를 사로잡고 있다.

그에 반해 종이책은 하루가 다르게 독자가 줄어든다며 비명을 지르고 있다. 젊은 세대 중 많은 사람은 일기도 비디오나 사진을 올리는 방식으로 쓰고 있다.

그렇다면 우리가 기억하는 문학이 꽃핀 19세기란 길고 긴 인류 역사와 문화에서 얼마 되지 않는 순간이 아닐까? 이미지의 시대는 길고도 길었고 문자가 영광을 누린 시대는 짧았으며 다시 이미지에 밀려나고 있는 건 아닐까? 우리가 고전으로 부르며 칭송해 마지않는 19세기를 중심으로 한 리얼리즘 문학도 인류 문화사에서 잠깐 번쩍한 광채는 아닐까?

또 다른 도전이 한국 문학을 기다리고 있다. 서점에서 문학 코너를 훑으면 알 수 있듯이 외국 작가가 쓴 재미있는 스릴러와 역사물, 로맨스 문학이 독자들의 시선을 끈다. 외국 리얼리즘 문학 또한 막강한 경쟁력을 자랑해 한국 작가가 쓴 리얼리즘 소설은 진열대에서 밀려난다. 뛰어난 전문 번역자도 늘어 외국 수상작이 불과 4개월 후에 한국에서 출판되는 실정이다. 한국 작가는 인기 있는 외국 작가와 치열한 경쟁을 벌여야만 한다.

즉 한국 작가는 이중고에 시달리는 셈이다. 하나는 문자를 벗어나 이미지 시대로 돌아가는 거대한 흐름과 또 하나는 엄청나게 수입되는 외국 문학과 벌이는 독자 확보 경쟁이다.

한국 문학 영향력이 컸던 1970년대부터 1990년대 초반은 이런 '이미지로 돌아가기'와 '외국 문학과 경쟁'이라는 폭풍이 덮치기 전에 잠시 주어진 황금시대가 아니었을까?

그렇다면 갈 길은 멀고 해는 저무는 오늘날 한국 작가들은 어떤 혈로를 뚫어야 할까? 문학이 살리려는 시대정신과 인물을 위해 다양한 문학 형식을 실험해보는 건 어떨까? 독자와 만나는 여러 방식과 매체 개발도 긴하다.

2010년 등단한 후 네 번째 소설책을 내면서 작품을 다시 살펴본다. 리얼리즘 작품도 있고 스릴러와 역사적 인물이 내면을 고백하는 소설도 있다. 노인 문제를 현대 이슈인 빅데이터와 결합시킨 작품도 있다. 다양한 형식을 통해 시대의 진실과 소설 읽는 재미를 함께 추구하고자 노력했다. 등단한 지 불과 8년 지나는 시간에 스마트폰과 SNS가 온 세상을 덮으면서 '이미지 시대'로 전환이 가속화되고 있다. 그 속에서 상황을 돌파하며 문학적 성취를 얻는 작품을 쓰기 위해 나름 애썼지만 아쉬움이 남는다. 또 열심히 길을 나서야겠다.

2018년 3월

정광모

수록작품 발표지면

외출 (『학산문학』, 2017년 여름호)

자서전의 끝 (『인간과 문학』, 2016년 가을호)

너의 자리 (『사람의 문학』, 2015년 겨울호)

집으로 (『한국소설』, 2017년 12월)

나는 장성택입니다 (『도요문학무크』 10호, 2016년 10월)

아오이 츠카사를 위한 자세(『이 계절의 좋은 소설』, 2016년 봄호)

마론(『문학무크 소설』, 2017년 창간호)

정광모

부산 출생

2010년 『어서 오십시오, 음치입니다』로 한국소설 신인상을 받으며 작품 활동을 시작했다. 부산대학교를 거쳐 한국외국어대학 정책과학대학원을 졸업했고 저서로 『또 파? 눈먼 돈 대한민국 예산』이 있다.

소설집 『작화증 사내』로 2013년 부산 작가상을 수상

2015년 장편소설로 아르코문학창작기금 수상

2015년 『작가의 드론독서1』, 2016년 장편 『토스쿠』

2016년 소설집 『존슨 기억 판매 회사』, 2017년 『작가의 드론독서2』 발간

:: 산지니 · 해피북미디어가 펴낸 큰글씨책 ::

문학

보약과 상약 김소희 지음
우리들은 없어지지 않았어 이병철 산문집
닥터 아나키스트 정영인 지음
팔팔 끓고 나서 4분간 정우련 소설집
실금 하나 정정화 소설집
시로부터 최영철 산문집
베를린 육아 1년 남정미 지음
유방암이지만 비키니는 입고 싶어 미스킴라일락 지음
내가 선택한 일터, 싱가포르에서 임효진 지음
내일을 생각하는 오늘의 식탁 전혜연 지음
이렇게 웃고 살아도 되나 조혜원 지음
랑(전2권) 김문주 장편소설
데린쿠유(전2권) 안지숙 장편소설
볼리비아 우표(전2권) 강이라 소설집
마니석, 고요한 울림(전2권) 페마체덴 지음 | 김미헌 옮김
방마다 문이 열리고 최시은 소설집
해상화열전(전6권) 한방경 지음 | 김영옥 옮김
유산(전2권) 박정선 장편소설
신불산(전2권) 안재성 지음
나의 아버지 박판수(전2권) 안재성 지음
나는 장성택입니다(전2권) 정광모 소설집
우리들, 킴(전2권) 황은덕 소설집
거기서, 도란도란(전2권) 이상섭 팩션집
폭식광대 권리 소설집
생각하는 사람들(전2권) 정영선 장편소설
삼겹살(전2권) 정형남 장편소설
1980(전2권) 노재열 장편소설
물의 시간(전2권) 정영선 장편소설
나는 나(전2권) 가네코 후미코 옥중수기
토스쿠(전2권) 정광모 장편소설
가을의 유머 박정선 장편소설
붉은 등, 닫힌 문, 출구 없음(전2권) 김비 장편소설
편지 정태규 창작집
진경산수 정형남 소설집
노루똥 정형남 소설집
유마도(전2권) 강남주 장편소설
레드 아일랜드(전2권) 김유철 장편소설
화염의 탑(전2권) 후루카와 가오루 지음 | 조정민 옮김
감꽃 떨어질 때(전2권) 정형남 장편소설
칼춤(전2권) 김춘복 장편소설
목화-소설 문익점(전2권) 표성흠 장편소설
번개와 천둥(전2권) 이규정 장편소설
밤의 눈(전2권) 조갑상 장편소설
사할린(전5권) 이규정 현장취재 장편소설
테하차피의 달 조갑상 소설집
무위능력 김종목 시조집
금정산을 보냈다 최영철 시집

인문

엔딩 노트 이기숙 지음
시칠리아 풍경 아서 스탠리 리그스 지음 | 김희정 옮김
고종, 근대 지식을 읽다 윤지양 지음
골목상인 분투기 이정식 지음
다시 시월 1979 10 · 16부마항쟁연구소 엮음
중국 내셔널리즘 오노데라 시로 지음 | 김하림 옮김
파리의 독립운동가 서영해 정상천 지음
삼국유사, 바다를 만나다 정천구 지음
대한민국 명찰답사 33 한정갑 지음
효 사상과 불교 도웅스님 지음
지역에서 행복하게 출판하기 강수걸 외 지음
재미있는 사찰이야기 한정갑 지음
귀농, 참 좋다 장병윤 지음
당당한 안녕-죽음을 배우다 이기숙 지음
모녀5세대 이기숙 지음
한 권으로 읽는 중국문화 공봉진 · 이강인 · 조윤경 지음
차의 책 The Book of Tea 오카쿠라 텐신 지음 | 정천구 옮김
불교(佛敎)와 마음 황정원 지음
논어, 그 일상의 정치(전5권) 정천구 지음
중용, 어울림의 길(전3권) 정천구 지음
맹자, 시대를 찌르다(전5권) 정천구 지음
한비자, 난세의 통치학(전5권) 정천구 지음
대학, 정치를 배우다(전4권) 정천구 지음